お願い、俺と恋に落ちてよ

第一話　雨夜《あまよ》の月

一眼レフのレンズを下から支えて持つ、男らしく筋張った、大きな手が好きだ。

カメラを手にした時、彼が被写体を見つめる目は、いつもの穏やかなものとは少し違う。温かく見守る父親のような目を見せる時もあれば、獲物を捕らえる肉食獣のように鋭い時もある。

じっとその横顔を見つめていたら、気づいた彼がカメラを下ろして苦笑いをした。

『美優《みゆ》』

名前を呼んで、私の頭を引き寄せて髪を撫《な》でてくれる。旋毛《つむじ》にキスをして髪を梳《す》き、耳にかけてくれる繊細な指先。

『何か、哀しいことでもあった？』

優しい言葉しか紡がない、その唇。

その持ち主である彼の名前を私は知らない。

だからきっと、いつまでもふたりの隔たりを埋めないでいられた。けれどもしこの距離を、あなたが埋めると言うのなら。

『貴女を救ってあげるから、俺と恋に落ちてよ』

その言葉を、本当に信じていいですか？

◇◆◇

スマホの短い着信音で、はっと意識を呼び戻される。どうやら、彼を待つ間に微睡《まどろ》んでしまっていたらしい。

ソファの背もたれに身体を預けたまま、瞼《まぶた》だけ開いて壁の時計を確認する。時刻はもう、二十二時を過ぎようとしていた。

……また、帰らないってことかな。

この時間に、さっきの短い着信音はメッセージでの連絡に違いない。見なくても、わかる。彼からの一方的な、キャンセルの連絡だ。深く溜息を落とせば、少しは気持ちの澱《よど》みも消えるだろうかと思ったけれど、上手くいかなかった。

目を閉じると、聴覚だけが敏感になる。夕方から降り始めた雨が、今もまだ降っているようだった。

「……どこか行きたいな」

独り言を零す回数が増えたことに気がついたのは、もうずっと前。このマンションにひとりにされる時間が長くなればなるほど比例して増える。

シフト表を頭に浮かべて溜息をついた。

「仕事だしなあ。せめて夜勤ならよかったのに」

朝から仕事じゃ、この時間から飲みに行くわけにもいかない。ならば……大人しくここで眠るしかないのだけど。

もう一年、ここに住んでいる。だけど、ここは私の家じゃないと、いまだにそう思ってしまう。

さっきは無視したスマホに、手を伸ばして画面表示を確認した。思った通り「宮下克之《みやしたかつゆき》」の名前と『悪い、帰れなくなった』の一言だけが虚しく浮かび、私は苦笑いをする。

「悪いなんて思ってないくせに」

私が改まって話がしたいと言ったから、逃げたのだ。

そうに決まってる。

元いたマンションよりも高級な住処《すみか》を与えて、たまに相手をしてやれば私がここに大人しく囲われていると思っている。家なんかじゃない、こんな場所、ただのケージだ。

――やめた。考えたら変になりそう。

堪《たま》らなく息苦しくなって、私はソファから起き上がるとバッグを手に玄関を飛び出した。

多分今日はもう、克之さんは帰ってこない。

私からの別れ話を聞きたくないから。

私、綿貫《わたぬき》美優が克之さんと付き合うきっかけになった夜も、こんな雨だった。彼はこの街で一番大きな医療センターに勤める外科医だ。私は看護師として病棟勤務をしている。二年前の雨の夜、準夜勤後で帰宅するところ傘がなかった私に声をかけてくれた。宮下先生といえば、私達看護師の中でもとびきり評判の良い若いドクターだった。

若い、といっても当時すでに三十四歳だ。けれど医療の仕事では、その年齢はまだ駆け出しのイメージが抜けない。

なのに彼と同年代や研修を終えたばかりの新人でも、『医師』というステータスを得ただけで看護師に威圧的な態度をとる人もいる。

だけど宮下先生は、違った。私達にも気遣いを見せてくれるし、医師としても積極的に手術や術前検査にも顔を出し技術と知識を吸収する。

だから本部長クラスのドクターからも信頼が厚い。

加えてイケメン、背も高い。そんな人が、私の名前を覚えてくれていると思わなかったから、驚いた。

『車を出しても良かったんだけどね。そうしたら話す時間が短くなるから』

当直中で、すぐ近くのコンビニまで買い物に行く途中だったらしい。歩いて十分ほどの距離とはいえ、私の家はコンビニとは反対方向だったのに。

いたずらっぽく笑った彼は壮絶に色気があった。それでいて、七つも年上の男の人なのに少しだけ可愛らしくも見えた。女慣れしている誘い方だなとは思ったけれど……憧《あこが》れのドクターと個人的に話せたことが嬉しくて舞い上がってしまったのを覚えている。

その後、何かと声をかけられ話す機会が増え、付き合うようになった。話すたびに惹《ひ》かれた。彼は医師として高い志《こころざし》を持っていたし、そのための努力もしていた。どれだけ激務で睡眠不足だったとしても、緊急の呼び出しには嫌な顔ひとつ見せずに応じる。

ドクターとして尊敬に値する人で、同時に強い野心も持った男の人だった。

二年付き合い、私は今年二十九歳だ。結婚も意識する年齢だけれど、彼にそれを押し付けたことはないし、悟《さと》られないようにしていた。彼が今は結婚よりも仕事のことで頭がいっぱいなのはよくわかっていたから。

だけどある日、信じられないような噂を耳にしてしまった。

最初にその噂を聞いたのは、一年ほど前だろうか。そのことを思い出すたび、胸が苦しくなる。

別れたほうがいいのだ、多分。

彼がのらりくらりと私の話をかわすのは、あの噂が真実だということの裏付けになるのだろうと、理性ではわかっている。

だけど、どうしても、情が邪魔をする。

冷静な判断力を鈍らせる。

話をかわされているのじゃなくて、ただいつも通り忙しいだけなのかもしれない。あんなのはただの噂だから振り回されるなと言った、彼のその言葉を信じたい。

会える日が、減っているような気がする。

連絡がつかない時間が増えているような気がする。

カレンダーを数える夜が増え、こんな風に家を飛び出すことももう何度目になるかわからない。

仮住まいにしか思えない克之さんのマンションを飛び出して、どこに向かうだとかは考えていなかった。

雨音に混じって背後から車の音が近づき、ヘッドライトの光が私を追い越していく。少し遅れてダークカラーの車体が真横を通り過ぎ、撥《は》ねた水が足元を濡らした。

「うわ、最悪」

あの日と違って私の隣には誰もおらず、またしても聞く人のいない独り言で悪態《あくたい》をついた。

ああ、やだ。

なんだか余計に、惨《みじ》めで寂しい。これ以上雨の中にいたら、孤独でおかしくなりそうで、濡れた靴の中の不快感を踏みしめながら先を急ぐ。

ひとりで飲みに行くのも躊躇《ためら》われ、迷った私は以前住んでいたマンションに向かうことにして、住宅街を歩いた。そこなら、つい最近まで友人が住んでいたから、ベッドもあるし、まだ電気も水道も通っている。

元々その友人とルームシェアをしていたマンションだ。私が克之さんと暮らすようになってからも、条件が良い物件だったので友人はひとりで住んでいた。

その彼女も結婚が決まり、婚約者のマンションで同棲《どうせい》を始めて出て行った。今は、私が買った家具が残っているだけのはずだ。

――どうせ、一度見に行かないといけないと思ってたしね。

そんな風に理由を作れば、行くあてもなく飛び出すしかなかった悔しさも、少し紛《まぎ》れるような気がした。

足元を見ながら歩いていくと、正面玄関へと続くコンクリートの外階段が視界に入る。段差の低い、慣れないと少し違和感のある階段を上《のぼ》るのは、いつぶりだろうと上を見上げた。

「……？」

街灯が照らすギリギリのところくらいに、人が座っているのが見えて一瞬だけ足がすくんだ。それでも一応上《のぼ》り始めるものの、私はそっと人影とは反対側の端に寄る。

といっても、それほど幅がある階段じゃないから、同じ高さくらい上《のぼ》れば手が届いてしまう距離になる。

一瞬、他の入り口を使うべきだったかと後悔した。裏に回れば、駐車場側に出る道もある。そう悩んでしまうのは、どう見たって異様だからだ。近づくにつれ、男性だと認識できた人影は傘もさずにずぶ濡れだった。

あんなとこに腰下ろして、お尻冷たくないのかな、とか、不気味だと感じている割に余計な心配をしてしまう。

あと少しで同じ高さまでくる、という時だった。どうやら、階段のすぐ傍に植えられている木の枝で、雨宿りをしているつもりだったのだろう。その男の頭上に、いきなりたくさんの雨粒が落下した。

「うわっ」

多分木の上で枝が揺れて、葉っぱに溜まった水滴に襲われたのだ。うわ、気の毒……と、つい目線を向けてしまった途端、私の歩みが鈍くなる。

空を見上げる男の横顔に、くぎ付けになったからだ。息を吸うのも忘れるくらい、美しい顔立ちだった。まるで彫刻《ちょうこく》のような綺麗《きれい》な横顔の輪郭《りんかく》。

「ははっ」と、苦笑した男が私の視線に気がついてこちらを向いた。

時間の流れが変わったんじゃないかと思うくらい、スローモーションの視界。目を合わせて数秒、固まった私にゆったりと彼の唇が弧を描く。首を傾げて顎《あご》を引き、上目使いの三白眼《さんぱくがん》が私を見つめる。

髪を濡らす滴《しずく》が明かりを反射して、光が揺れた。

「……きゃっ！」

男に気を取られすぎたせいか、足元の感覚が鈍って踏み外したように膝がかくんと折れる。そのまま前のめりに倒れそうになって辛《かろ》うじて手すりを掴《つか》んだが、傾いた鞄からバラバラと中身が零れ落ちてしまった。

「やだっ、最悪！」

絵画の中にいたような感覚から一瞬で現実に戻され、目の前に落ちたスマホや手帳を慌てて拾い上げる。

このスマホ、防水になってるよね？

傘を首と肩の間で挟んでしゃがみ込み、膝の上でハンカチを広げて画面を拭く。今のところ支障はないようだった。

「ここにも落ちてるよ」

「えっ」

顔を上げると、いつのまにかすぐ傍に男がしゃがんで、レジンのキーホルダーがついた鍵を拾い上げてくれた。青く透明な球体のレジンが大きな手のひらの上で転がって、何かを確かめるように男は首を傾げる。

「……あの？」

「あ、ごめんね。傷がつかなかったかと思って」

差し出された鍵を受け取りながら、笑うとまるで花が咲いたようだと思ってしまった。男の人なのに。

「大丈夫？」

「ありがとうございます。あなたこそ、大丈夫です？」

ふたり向かい合ってしゃがんだ状態で、ずぶ濡れの男の人に心配されたのがおかしくて、くすりと笑いながら問い返す。

あー……やっぱイケメンって得だな。

さっきまで警戒してたくせに……

人のよさそうな笑顔ひとつで、なんとなく良い人のような気がしてくる。女って簡単だな、と自分のことながら内心で苦笑した。

「知人を待ってたんだよね……マンションの入り口で立ってたら、出入りする人に不審がられて仕方なく、ココ」

「だからって雨の中ここを選ばなくても……」

「その時はまだ降ってなかったんだよ」

ほんと参ったよー、と、へらりと笑う男に私は呆気《あっけ》にとられてしまう。だって、雨が降り出したのは夕方だ。それ以前から待っていたのなら、もう……六時間は経っている。

だったら降り出した時に移動すりゃいいのに、とか、ちょっと歩けばコンビニがあるからせめて傘でも買いに行けばいいのに、とか。

突っ込みどころはたくさんあるけど、なんだか突っ込む気力も湧《わ》かない。ただ、余りにも不憫《ふびん》になって、私は持っている傘の柄《え》を男に向けて押し出した。内側に桜の花びらが舞う、お気に入りの傘だけど仕方ない。

男は差し出されるままに受け取って、ぱちぱちと瞬《まばた》きを繰り返した。

「いいよ、もう今更だし」

「だからって、そのまま放置できないし。いらなくなったらエントランスの端にでも置いといて」

そう言い捨てて返事も聞かずに階段を駆け上がり、マンションのエントランスに飛び込んだ。うしろから、ついてくるような足音はしなかった。

ちょっとだけ良いことをしたような気分になって、沈み込んでいた心がほんの少し高揚《こうよう》する。たんたん、とリズム良く二階まで上がって、久しぶりの我が家の前に立ち、手の中の鍵を差し込んだ。

青いレジンのキーホルダーをつけた鍵は、一緒に住んでいた友人の夏菜《なつな》に返してもらったものだ。

元々私がここでひとり暮らしをしていて、夏菜が実家を出たいと言い出したのをきっかけにルームシェアする話が出たのだけど、実際に一緒に住んだのは一年くらいだっただろうか。昨年、克之さんが借りたマンションに私が引っ越すまでだったから。

記憶を辿《たど》れば、思い出したくもない胸の苦しさにまで届いてしまう。私は思考回路を断ち切るように、差し込んだ鍵を回した。

「あ、綺麗《きれい》にしてくれてる」

室内は、私がここを越した後から、さほど変わっていなかった。大型の家具はそのままで、配置もまったく変わってない。後から夏菜が買い足したものはすべて持って行ったか処分したようだ。

けれどひとつ、覚えのないものがあった。ソファの隅に立てかけられたコルクボードだ。処分しそこねたのか忘れていったのだろうと手に取ると、いくつも写真が貼られていた。

夏菜は大学の頃から写真を趣味にしていた。といっても、学生の遊びの延長だと本人は言っていたけれど。

ボードに貼られた写真は、風景写真がいくつかと夏菜の友人だろうか。男女入り交じった写真もあった。

「……えっ？」

驚いて、思わず間近で確認してしまう。なぜなら、そこにはさっきの男……ずぶ濡れの綺麗《きれい》な男が写っていたから。

どこかの観光地だろうか。

仲間内で撮影旅行にでも行った時の写真？

もしかして、さっきの男が待ってた知人って夏菜のこと？

急いで窓に駆け寄りカーテンを開けた。リビングの窓から、あの階段は良く見える。だけど、街灯の下あたりにいたはずの男は、もうそこにはいなかった。

「どうしよう、夏菜に連絡したほうがいいのかな」

もしかして夏菜の婚約者だろうか。今は一緒に住んでいるはずだけれど、もしかして、喧嘩《けんか》でもして夏菜が家を飛び出したとか。そうでなければ、あんなところで夏菜を待ってずぶ濡れになんてならないだろうし。

スマホを弄《いじ》って、彼女の番号を見つけ発信しようとした時だった。ピンポン、と少し安っぽいと前から思っていたインターホンの音が鳴った。即座にさっきの男だろうと玄関に向かいドアスコープから外を覗《のぞ》くと、思った通りの端整な顔が魚眼レンズで少し歪《ゆが》んでそこにある。

「はい」

扉は開けないままに声を出すと、少し戸惑った返事があった。

「あ、えー……っと。君は、なっちゃんの友達？」

男の口から夏菜の愛称《あいしょう》が聞けて安心した私は、鍵を外して扉を開ける。扉越しでなく互いを確認して、男は嬉しそうに破顔した。

「やっぱりさっきの人だ。あの後すぐになっちゃんの部屋の明かりがついたし、それに」

男は扉が閉じないように手を添える。けれど、押し入るような雰囲気は感じなかったから、またひとつ、私は警戒を解いてしまう。

「さっきの、ブルーのキーホルダー。見覚えあったから」

「あ、あれ。そう、夏菜に貸してたやつ」

「え、なっちゃんのじゃないの？」

「うん、だから……越してった時に返してもらったんだけど」

そう言うと、男は「えっ」と綺麗《きれい》な目を見開いた。

「なっちゃん、もうここに住んでないの？」

そのセリフと同時に、彼が夏菜の婚約者ではないとすぐに悟《さと》る。ふたり、なんだか途方に暮れたような顔を見合わせた。

じゃあ、彼は、誰だ。

友達か、何か？

咄嗟《とっさ》にその疑問を彼に投げかけようかと思ったけれど、写真に写った夏菜を見て考え直す。この男に聞くよりも夏菜に聞くべきだろうと、私は開いたままだった夏菜の番号を親指でタップした。

『美優？　どうしたのこんな時間に』

「ごめん遅くに。今、彼と一緒にいるの？」

念のため、夏菜がひとりかどうかを確認する。その間に、共用廊下で人の気配がして、人目を憚《はばか》ってか邪魔になると思ってか、男が一歩玄関に足を進めた。

……あ。と、思った時にはもう遅くて、男の背後で玄関扉が音を立てて閉まる。

「夏菜、今、男の人がマンションに来てる」

『え？　誰？』

「えー……と、夏菜が残してった写真に写ってた人。えらく綺麗《きれい》な」

間近で、男の顔を見上げた。家に入れてしまった……という、後悔は不思議と生まれなかった。

狭い玄関に、ふたり。夏菜と話す私の声が響く中で、コツ、と音が鳴って俯《うつむ》いた。私がさっき貸した傘が立てかけられて、三和土《たたき》に小さな水溜りが作られる。

『あ……もしかして』

「どうしたらいい？」

一体ふたりはどういう関係だ？　ずぶ濡れになって夏菜に会いにきた、それだけで酷《ひど》く勘繰《かんぐ》ってしまうのは邪推《じゃすい》だろうか。夏菜は少し考えた後、電話を代わってくれと言った。

「夏菜が話したいって」

顔を上げてスマホを差し出すと「うん」と頷いて、私の手からスマホが抜き取られる。

「……なっちゃん？」

余りに優しい声で名前を呼ぶから、きゅんと胸が締め付けられたように苦しくなった。男と立つこの距離に耐えられなくなって、私は逃げるように室内に上がり洗面所からバスタオルを取って戻ってくる。

うん、うん、と頷きながら話す男の声は穏やかで優しかったけど、感情は余り窺《うかが》えない。

「わかった。結婚おめでとう、なっちゃん」

男が最後にそう告げたことで、ふたりの関係が尚更よくわからなくなる。スマホを返されて、代わりにバスタオルを差し出した。耳に当てると、まだ繋がったままだ。

「話は終わった？　帰ってもらうわよ」

ふたりの関係を聞きたい気もするけど、それは後日つっついてやれば済むことだし。とにかく今は夏菜にそう伝えることで目の前の男にも『帰れ』と言ったつもりだったんだけど。

『う……ん。けど、その人行くとこないと思う』

「は？」

行くとこないって……家がない、実家がない、とか？

意味を測りかねる私をよそに、夏菜は何かを振り切るような声で言葉を繋ぐ。

『でも、追い返してもらっていいから。私ももう、どうもしてあげられないし……』

「あのね……だったら『行くとこない』なんて私に教えないでよ」

どうして欲しいのよ……

そう突っ込みたくなるくらい夏菜が男に情があるのは伝わるけれど、それはズルい。追い出す決断を私にゆだねられても困る。

『あ、誤解しないで。変な関係じゃないのよ、友達ではあるんだけどあんまりよく知らないというか……』

「よく知らないけど、友達なの？」

私にはその感覚がよくわからない。追及したいけれど、してしまえば余計にこの問題に首を突っ込んでしまうことになって、否応《いやおう》なく巻き込まれる、そんな気がする。

『私も旦那になる人と一緒だし、旦那カメラとかあんまりで。もう泊めてあげられないんだよね……うん、だから帰ってもらって』

「ってことは過去に泊めたことがあるってこと？」

『だから誤解しないでって！　確かにあったけど、その人だけじゃなくカメラ仲間何人かだったりで仲間内で……あっ、あの人帰ってきたから切る。ほんとごめん！』

「ちょっ……」

彼女の背後で物音がして、通話が切れる寸前《すんぜん》話し声は確かに聞こえた。だけどなにやら面倒ごとを押し付けられ逃げられた感は否《いな》めない。

「もう……どうすんのよ」

目の前には、バスタオルを被《かぶ》った男がわしわしと髪を拭いていて……私のぼやきに反応してタオルの隙間《すきま》から目を覗《のぞ》かせる。

ぐっ……と、出かかった言葉を呑み込んでしまった。綺麗《きれい》な目にじっと見られたら、まるで縋《すが》られているような気になってしまって。

いや。

いやいや、だからって。

「どうしようもないでしょ、うん」

「うん、ごめんね？　悩ませて」

神妙にそんな風に言われたら、尚更胸が痛むんですけど⁉

『行くとこないと思う』

夏菜の言葉が、どうしても気にかかる。だけど、駅に行けば、電車はまだギリギリある時間だし、子供じゃないんだから泊まる場所くらい自分で見つけるでしょう。

ちくりちくりと胸を刺す罪悪感を宥《なだ》めながら男を見上げていると、タオルがするりと外されて、男の顔が露《あら》わになった。

見れば見るほど綺麗《きれい》な面立ちに、つい見入ってしまう。年は、私と同年代くらいだろうか。もしかしたら年下かもしれない。榛《はしばみ》色の髪は染めているのかとも思ったけど、どうやら地毛で色素が薄いのだろうとわかった。瞳も同じ色をしていたから。

「ありがとう、タオル」

「あ、ううん」

「ひとつだけ、お願いがあるんだけど……」

濡れたタオルを受け取りながら無言で首を傾げると、男は足元の傘を指差して言った。

「もう少しだけ、これ貸しててくれないかな？　雨が上がったら返すから」

「いいよ、もちろん。持って行って」

行く当てを尋ねる言葉は、出すに出せなかった。

ないよ、と言われたって私にはどうすることもできないし、そう思えば無責任に聞くこともできない。そんな薄情《はくじょう》な私に男はやっぱり、人のよさそうな笑顔で言うのだ。

「ありがとう、すごく助かるよ」

「いえいえ、それくらいしかできなくて」

お礼なんて言われると、こっちが申し訳なくなって困る。平静を装《よそお》うけれど、胸中《きょうちゅう》は激しく葛藤《かっとう》している真っ最中だ。

ちくちくからずきずきへと、彼の笑顔は私の罪悪感を激しく煽《あお》ってくれてその効果は絶大で。頭の中は理性とは反対に働き始めていた。

知らない男とはいえ、夏菜の知り合いには違いなさそうだし。

自分の貴重品なんかは全部克之さんのマンションに移してあるんだから、私が困ることは何もない。

たった一晩、この男に貸すだけなら。

「じゃあ」

男が一度頭を下げて、背中を向ける。傘を手に取り、出て行こうとするギリギリまで逡巡《しゅんじゅん》していたけれど。

「……待って！」

結局引き留めてしまって、『あーあ』と心の中で嘆息《たんそく》する。そうなったらもう引けなくなった。

振り向いてきょとんとした、その無害そうな表情が、私のお節介心を刺激する。

「……とりあえず、入って」

「えっ？」

「行くとこないなんて聞いたら、ほっとけないじゃないの」

言えばふにゃりと破顔する、それを見て。

――期待してたね絶対。

男の性質《たち》の悪さを、なんとなく確信した。入って、と促《うなが》したものの男の足は靴下までぐっしょり濡れていて、靴を脱ぐとつま先からぽたぽたと滴《しずく》が落ちる。

ああ、もう！

どこまでも面倒な！

「シャワー！」

「えっ」

「入って、濡れた服は乾燥機使ってくれていいから」

濡れた足で三和土《たたき》から上がっていいものか、ぐずぐずと逡巡《しゅんじゅん》している男の腕を引っ張ると、リビング手前のアコーディオンカーテンを開け押し込んだ。

「電気は……」

そこ、と指差そうとしたら、男が先に迷わず電気のスイッチに指を伸ばしたのを見てしまう。

ああ、そうか。やっぱそういう関係だったのかな。指先が迷わず電気のスイッチを見つけるくらいに慣れた回数、ここでシャワーを浴びるような、関係。

妙に生々しいものを見てしまった気がして、ぴしゃりとアコーディオンカーテンで空間を遮断《しゃだん》した。

「……迷惑かけてごめんね？」

カーテン越しに男の声が聞こえ、濡れた服を脱いでいるのが音と気配で伝わった。私は反転して軽くカーテンに背中を預ける。

「一晩だけね。明日にはちゃんと行く当て見つけて出てって」

「わかった」

「どっかあるでしょ？　親兄弟とか、友達とか」

「うー……ん」

「あ、やっぱりいい！　聞かないことにする！」

「あはは、賢明な人だなあ」

邪気《じゃき》のない笑い声でそう言った。

なんだろう、この男の絶妙な加減は。すり寄るでも押し入るでもなく、ただそっと服の袖《そで》を引くような……喩《たと》えるならそんな甘え方。

「……なんか深入りしたら面倒そうだもん」

「なのに泊めてくれるなんて、優しいね。ありがとう」

さらりと、そんな言葉も忘れない。不覚にも鼓動が跳ねたのを、小さく咳払いして紛らわせた。

「じゃあ、私は行くけど、出て行く時は鍵を締めて新聞受けに入れてくれたらいいから」

「えっ、あなたは？　どこに……」

「私は他に帰れるところあるから」

そう言ってアコーディオンカーテンから離れて玄関へ向かう。向こうにいたくないから雨の中わざわざ出てきたのに……とんぼがえりになるなら大人しくお布団にくるまって寝てたら良かった。

どっと疲れを感じながら靴を履こうとしたら。

「あっ、待って待って！」

焦《あせ》った声で引き留められてうしろを見る。すると男が裸でカーテンから上半身を覗《のぞ》かせていた。

「ちょっと！　素っ裸で出てこないでよ！」

「あ、ごめん。だからちょっと待って」

慌てて目を逸《そ》らしたけど……うん、すっごく良い身体してたかも。顔も綺麗《きれい》で手足も長くて身体は引き締まってて。モデルさんって言われても驚かないかな。

眼福眼福《がんぷくがんぷく》、と思いながら今度こそ靴を履く。

「で、何？　帰って早く寝たいんだけど」

「こんな夜遅くにひとりで出たら危ないよ、俺、何もしないから」

そう言ってくれた言葉は、嘘には聞こえないけれど。それをそのまま鵜呑《うの》みにするほど、私は無防備でもないし人も良くない。だから、まだ水が滴《したた》る傘を手に取って、背中を向けたまま言った。

「大丈夫よ、ついさっきまでひとりで歩いてきたんだし、そんなに遠いとこじゃないから」

じゃあね、と片手をあげて私はそのまま振り返らずに玄関を出る。扉が閉まる瞬間、「ありがとう」と聞こえて、私は少し頬を緩ませた。

結局元いたマンションに戻るしかなくなったけれど、なんだかおかしな体験をしたこともあり、気分転換には十分なったらしい。

暗い夜道を、行きとは比べ物にならないくらいに軽い足取りで歩きながらマンションに着き、部屋に入ると消したはずの電気がついていて。

「……克之さん？」

見慣れた革靴が目に入り慌ててリビングに駆け込むと、彼がジャケットを脱いで椅子の背もたれに掛けていたところだった。

「美優、どこに行ってたんだこんな遅くに」

本当に、心配してくれていたのかもしれない。眉をひそめた克之さんに近づくと、突然腕の中に抱きしめられた。その体温にそのまま身をゆだねてしまいそうになるのは、何も知らずに好きでいられた頃の名残《なごり》だ。

けれど、自分が別れ話のために彼に会いたかったのだということを思い出し、はっとする。ふたりの身体の間に手を割り込ませて、少しでも距離を取ろうとした。

「克之さんこそ。会えないって、言ったのに」

「ごめん、急患が入って。でも落ち着いたから」

ほんとに急患だったのかな？

実際、急患や受け持ち患者の急変で家に帰れないことが極端に多い仕事だ。だから彼は、家とは別に病院のすぐ隣のこのマンションを買ったのだと言っていた。

そして、すれ違いになりやすいから少しでも一緒にいられるようにと、私をここに住まわせてくれた。

後から思った。

彼はまだ独身だけれど、私への対応はまるで愛人のようだと。だから病院内に流れた、彼が婚約するという噂を聞いた時に、納得した。

ああ、彼は私を、一生を共にする相手とは見ていないのだと、実感できてしまった。

「じゃあ、今日は話せる？」

抱きしめてくる彼から逃《のが》れるために、軽く腕を振る。すると、途端に克之さんの機嫌が悪くなる。

「話って、またあの話か。気にすることはないって言ったはずだ」

「気にならないわけがないよね？」

この話はこれで二度目だ。

婚約するなら、私は克之さんとは別れると言った。しかし彼は、見合いをしただけでそんな噂が流れたに過ぎないと誤魔化《ごまか》した。

一度は彼の言葉を信じようとした。けれど、すぐに疑心暗鬼《ぎしんあんき》に囚《とら》われる。ただでさえ激務で会う機会も少ないのに、最近はそれが更に減った気がした。電話の回数も少なくなった。今では、メッセージの既読もつかないまま数日過ぎる時もある。

見合いをすることも聞かされていなかったし、彼が野心家だということも良く知っている。見合い相手は、院長の孫娘だった。

私が退《ひ》かないとわかると、彼は煩《わずら》わしそうに腕を解いて背を向ける。

「急患だったと言っただろう。疲れてるんだ」

シャツを脱ぎながら、そのまま寝室に消えてしまう彼の背中を目で追いかけるけど、足はついていかなかった。

機嫌が悪くなった時の彼は、頑《かたく》なで怖い。私を見る目も威圧的になって、いつも言葉が出なくなる。溜息を吐いて、ベランダに繋がる大きなガラス戸の前に立った。

雨脚が強くなり、風も出てきたのか雨粒が窓に叩きつけられてくる。流れる滴《しずく》を見ながら、自分は彼に何を話したいのだろうと途方に暮れる。

別れるだけなら、私がここから出て行けば済む話なのに。

院内で会うことはあっても、私達の付き合いは秘密にしているから表立って彼に何か言われることはない。

それでも、ちゃんと話をしようと思ってしまうのは、彼に未練があるからだろうか。見合いだけで婚約はしない、ともう一度聞いて安心したいのだろうか。

「……別れたいの、別れたくないの、どっちなの」

彼は医療のことになると貪欲《どんよく》になる。患者に対してはとても誠実だけれど、自分にも厳しく、常に上を目指している。力がなければ、思うような治療もできない。新しい技術や技法を取り入れたり、そのための設備など、さまざまなことに自分が口出しできるだけの力が欲しいのだと彼は言っていた。

たとえ、今回は本当に見合いだけだったとしても、今後はどうなるのかわからない。いつか私は、彼の野心に負けて切り捨てられてしまうのじゃないか。

それが今か先かの違いだけで。

ふるりと頭を振って思考を切り替えた。焦点を窓ガラスの雨粒から、遠くの空に向ける。真っ黒く澱《よど》んだ夜の雨空には、今は何も浮かばない。

頭に浮かんだのは、ずぶ濡れになっていた綺麗《きれい》な横顔。空を見上げて雨粒を浴びていた姿と、それを照らす白い月明かり。

一体どんな遺伝子を持ってるんだろう。

「美優？　どうした？」

声がして振り向くと、ルームウェアに着替えた克之さんが立っていた。少し機嫌が回復したみたいだけれど、今はもう一度話を切り出す気力がない。

「んー、お月様が綺麗《きれい》だったなって」

「月？　雨降ってるのに？」

「……あれ？　ほんとだ」

なんで私、月だなんて思ったんだろう。

思い出すのは、綺麗《きれい》な横顔と私を見た三白眼《さんぱくがん》、濡れた髪が白い光を反射して目を奪われた。

「あ、そうか」

その白い光は、ただの街灯だ。それなのに脳裏《のうり》に浮かべると妙に美化されて、勝手に脳内で月明かりだと変換されていた。

だってまるで映画や絵画を見ているような、そんなワンシーンだったから。

「何？」

「ううん。街灯の下で見つけた花がすごく綺麗《きれい》だったから、照らしてた白い光が月明かりに思えただけ」

うん、嘘はついてない。

彼の造形は、ただの街灯をお月様に格上げしてしまうくらい綺麗《きれい》で……

「美優」

克之さんが目の前にいるのに、別の何かを思い出して遠くを見る私に、本気でむっとしたみたいだった。顔を傾けて近づいてくるキスの気配に、私は咄嗟《とっさ》にそれを避《よ》けてしまう。

「ごめん。私も着替えてくるね」

彼の手から逃《のが》れて、何もないフリで笑いながら寝室へ逃げ込んだ。

ドアにもたれて目を瞑る。真っ暗な視界に、やっぱりぽっかり浮かんだのはあるはずのない白い月で……なぜか、言いようのない胸のざわめきを感じた。

第二話　名前をちょうだい

職員食堂の入り口にある、簡易なメニュー表を前に立ち止まる。

「美優、決めた？」

「うん、定食にしとく。たまちゃんは？」

「私もー」

内科病棟の同僚の玉岡《たまおか》さん、通称たまちゃんとは職場で一番仲が良い。今日は昼休憩に出るのが遅れて、おかげで胃の中空っぽだけど、幸い職員食堂は空《す》いていた。それほど待つことなく定食のプレートを受け取って、窓際の席に向かい合わせに座る。

「あー、午後だるいよー」

「美優、今日めっちゃ眠そう。昨日寝てないの？」

食べながらあくびをひとつ漏らしたら、たまちゃんが心配そうに私の顔を覗《のぞ》き込む。

「寝た、けど……それより昨日、なんか変なことがあって」

「変なこと？」

「すっごい綺麗《きれい》な子、落ちてた」

「はっ？」

素《す》っ頓狂《とんきょう》な声と同時に、たまちゃんの箸《はし》からプチトマトが一個プレートに転がった。

「あんな綺麗《きれい》な顔、存在するんだなー……」

ほんと、遺伝子構造を知りたいわ。どんな組み合わせであの顔とスタイルができあがるんだろ。

「ちょ、ちょっとちょっと、何？　男の話？」

勘の良いたまちゃんが話に食いついてきたのが面白くて、私は中途半端にはぐらかす。

「手足も長いしねー、あんなん落ちてるんだなあ」

「ちょっ、落ちてるって表現がおかしいから！　まさか拾ったんじゃないでしょうね⁉」

「拾った……ことになるのかな？　でももう今日にはいなくなってるはずだけど」

ぱくっと定食のコロッケを口に運んだ。もう雨は上がったし、ゆっくり休んでたとしてももう昼過ぎだ。とっくに部屋は出てっただろう……と、思う。

「ちょっと、詳しく言いなさいよ、あんた全然男の気配しなかったのに」

男の気配、させないように気を遣ってるんです——……

たまちゃんの言葉が、さっくりと胸に刺さって私はむっと口を閉ざした。

「あー、まただんまり」

こと、恋愛ごとに関しては話を逸《そ》らしたがる私を、多分たまちゃんは心配してくれてるんだと思う。ありがたい、心許せる仲良い友達だ。だけどだからこそ、克之さんとのことは言えないでいる。

「あ、宮下先生。外来遅くなったのかな？」

たまちゃんの言葉に顔を上げて、同じ場所に視線を向ける。プレートを手に立っている白衣姿のその人が私の彼氏だということを、たまちゃんだけでなく誰も知らない。

「宮下先生が外来の日って、患者さん多いもんね」

「……そうだねー」

相槌《あいづち》を打ちながら、私は定食のプレートに目を落として興味のないフリをする。

「いいなー。仕事できるし親切だし、すごいモテるよ」

「そりゃそうでしょ」

「婚約者がいてもいいって、こないだ外科の看護師が騒いでた。実際この病院多いよね。今の看護師長だって内科部長の愛人だって知ってた？」

「へー……」

余り、聞きたい話題じゃない。敢《あ》えて素《そ》っ気《け》ない返事をする私に気づいて、たまちゃんが肩を竦《すく》めて口を噤《つぐ》んだ。職場では、すっかり克之さんの婚約者の存在は有名だ。

ここまで噂になっているのに、それでも気にするなと言う。噂を信じるなと言う。そのたび、私は何を信じればいいのかわからなくなる。

噂の真相を、事情があるならちゃんと彼の口から聞きたいのに、いつもはぐらかされてしまう。克之さんの婚約が本当なら、彼とは別れるしかないのだ。同じ職場だからできるだけ拗《こじ》れずに別れたいけれど……可能だろうか。そもそも、克之さんと同じ場所で働き続けて、私は平気でいられるだろうか。それから、今のマンションを出て、自分のマンションに戻らなければいけない。荷物をまとめて……

そこまで考えて、ふと、嫌な感情が頭を過《よぎ》った。どうしてこんなに追い詰められないといけないのか……私のほうが、先に付き合ってたのに。

そんな恨み言を、胸の中で言えば言うほど自分が汚くなっていくようで、慌てて思考を断ち切った。

「あー、写メ撮っとけば良かった」

頭の中を無理やり昨夜の出来事に飛ばす。街灯が月明かりを演出したとても綺麗《きれい》なワンシーンは、一晩経っても鮮やかに思い出せた。

「え、ちょっと見たい、見たかったどんな男？」

「モデルさんみたいだった！」

「そんなのがなんで落ちてるのよ！」

異常に食いつくたまちゃんの顔が必死すぎて、大きな声で笑い出しそうになって必死で堪《こら》える。笑いすぎて痛む腹筋を手で押さえながら、たまちゃんの質問攻めをかわした。

……あの男がちゃんと鍵を締めて出てってくれたか見に行かなくちゃ。そうでなきゃ、帰るに帰れないし。

◆　◇　◆

仕事上がりにでも寄ろうと考えていたのだけど、その日は急な入院患者や急変で疲れ果て、ようやく足が向いたのは三日後の非番の日中だった。

「あっつーい！」

克之さんのマンションから病院前を通過して、私のマンションに向かう。克之さんは病院に泊まり込んでいて、まともに会っていない。つまりまだ、話はできていない。

十分ちょいの道程でじっとりと汗を掻いて、たまらずに自動販売機でスポーツドリンクを一本買った。

梅雨《つゆ》の合間の晴天で、湿度は高いわ気温は上がるわで、過ごしにくいことこの上ない。

「あれっ……」

あの男に、鍵を締めたら新聞受けに入れといてって言ったのに、鍵すらかかっていなかった。ノブを回すと、中からむわっと暑苦しい空気が流れてくる。思わず眉をひそめながら、一歩玄関に入って足元を見た。

「……ちょっと、まさか」

無言で見つめた先には、三日前に見た、大きなスニーカーがある。まだここにいるのだろうということよりも、閉め切って澱《よど》んだこの暑苦しい部屋で、生きてるのかどうかが先に気になった。慌ててリビングに向かい見渡すと、こちらに背を向けたソファの肘《ひじ》置きから長い足が飛び出しているのが見える。

だけど物音にも動く気配がない。私は早足で近づいて、上から覗《のぞ》き込んだ。

「……ちょっと、大丈夫？」

目を閉じた端整な顔は汗だくで、やはり呼びかけにも反応しない。そっと手を伸ばして軽く手首に、次に首元に触れるとちゃんと指先で脈が確認できた。

「ちょっと！　起きて、しっかりして！」

先ほどよりも大きな声で呼びかけ、男の肩を同時に揺すった。すると小さな唸《うな》り声を上げながら男の目が薄く開いて、ほっと安堵《あんど》の溜息が漏れる。

「起きた？　気分は悪くない？」

「あ……おはよう……大丈夫だけど」

むっくりと起き上がった男にとろんとした目でそう言われて、がっくりと力が抜けた。どうして自分が心配されているかわかっていないらしい。

「あなたね……こんな暑い中で寝て、熱中症で死にたいの？」

飲んで、とさっき買ったスポーツドリンクを差し出すと、男は受け取ってものすごい勢いで飲み干していく。喉《のど》を鳴らす音を聞いてひとまず安心すると、エアコンのスイッチを入れた。よくもまあ、こんな暑い部屋で寝られたものだと、呆《あき》れてしまった。

「水分はなんとか摂れてたから心配ないかなって……あ、ごめん。水道水勝手にいただいたけど」

そう言って男はぺこりと頭を下げると、また背もたれに力なくもたれかかる。

「別に水道水くらいで怒らないけど……」

よくよく見ると、男の顔色は余り良いとは言えない。熱中症の一歩手前ぐらいだったのかも、とも思ったけど……どうも、それだけじゃない。

「気分悪いの？」

「いや、平気だよ」

「……もしかして、食べてないの？」

へらり、と笑った男に、推測が的中したと確信した。いや、この男が空腹なんだろうとか、そういう推測ではなく。先日感じた『男の性質《たち》の悪さ』のほうの推測だ。

「なんで。ここは、夏菜が片付けていったから何も残ってなかったでしょうけど、ちょっと行けばコンビニあるのよ？」

「ああ、そうか。じゃあパンくらい買えたかな……」

ごそ、と男がジーンズのポケットに手を突っ込んだ。出てきた手の中で、ちゃりんと硬貨の音がして、つい覗《のぞ》き込むと。

「あー、パンも無理だったか」

大きな手のひらに、十円玉が三つと五十円玉がひとつ乗っかっているのを見た。

「は……こんだけ？　財布は？」

「多分鞄の中だけど、空っぽだったと思うよ」

多分ってなんだ、と突っ込みたい気持ちを堪《こら》えて、男のものらしき四角い箱のような肩掛けの鞄に目をやる。男の言葉に嘘はなさそうな様子で……だって持ってたらこんなに弱ってはいないだろう。

くらりと眩暈《めまい》を感じながら、聞いてみた。

「……何日食べてないの？」

「えー……っと、ここに来る、二日前くらいだったかな、に、お金がなくなったから」

指を折ってはっきりした日数を数えようとする男が、ただの馬鹿に思えてきた。

別にそんな正確な数字を求めているわけじゃないっつーの！

「……待ってて」

「え？」

「いいから、ちょっと待ってて」

ぎろりと睨《にら》むと、男は申し訳なさそうに笑ったけれど。

「ごめんね？」

「うっさい！」

やっぱり、確信犯なんじゃないの！　と、苛立ちながらも、私はバッグを手にふたたび外に出た。

謝ったということは、助けてもらえるという自覚があってあの部屋にいるってことだ。

考えるほどに腹が立つけど……なぜかコンビニに向かう足は止まらない。あの、悪気がないはずはないけど害のなさそうに見える笑顔と、自分からは「助けて」と一言も言わない様子を見ていると、見捨てるわけにはいかないと、妙な責任感が背後から追いかけてきて。

すでに一度部屋に泊めたのだ、もうしばらく貸したって大して変わらない……そう思ってしまうほうが気が楽だった。

「はい、食べて」

テーブルに、湯気の立つ小どんぶりとレンゲを置いた。

「おかゆ？」

「文句言わない。数日食べてないのにコンビニ弁当やらカップラーメンやら胃が受け付けるわけないじゃない」

受け付けたとしたって、身体に良いわけがない。文句あるの、と正面から睨《にら》んだけれど、彼にはさっぱり、効果がない。

「文句なんか言わないよ、ありがとう」

そう言って、レトルトのただあっためただけのおかゆを、美味《おい》しそうに啜《すす》った。

「うわー……、すっごい」

「なによ」

「すっごい、美味い。胃に染み渡る……」

「……そりゃ、そうでしょうよ」

五日も食べてなきゃ、レトルトだろうが手作りだろうがなんだって美味《おい》しいはずだ。むしろ感心する。それだけの空腹を抱えて、あの晩も今日も、よくそんなに穏やかにいられたものだ。

一口食べてはレンゲを握りしめて味わう彼に、段々と苛々《いらいら》するのも馬鹿らしくなる。

「ご馳走さまでした」

手を合わせて一礼する所作は綺麗《きれい》だった。それだけでなく、彼は食べてる間の姿勢もよくてきちんと躾《しつ》けられてきたのだろうと感じる。

そんな彼が、なぜ行く当てもないような生活をしているのだろう。まあ……かといって。

「物足りないだろうけど、もう少しお腹の様子見て、後でおうどん作るから」

深入りするつもりはないから、敢《あ》えて聞かない。うっかり哀《あわ》れな事情でも聞いて、またあの笑顔で『大丈夫です』とか言われたら、無駄に私の罪悪感が増すだけだし。

「あ、美優さん、食事は？」

「おかゆ食べてる空きっ腹の人を目の前にがっつり食べれるわけ……、なんで知ってるのよ」

「何？」

「名前よ」

空いた食器をキッチンに下げながら、眉をひそめて彼を睨《にら》んだ。

「あ、なっちゃんが、こないだの電話でそう呼んでた」

「ああ、そっか。ねえ、夏菜とはさ」

「はい？」

「あ、やっぱいいや聞きたくない」

同時に、蛇口を捻《ひね》って水の音で会話を中断させた。夏菜とどういう関係だったんだろう……と、つい尋ねそうになってしまったけれど、やっぱり聞かないことにした。だって、生々しい関係だったりしたらどう反応すればいいかわからない。

だけど私の聞きたいことはお見通しだったようで。

「美優さんが思ってるような関係じゃないよ」

「そう願いたいけど絶対そんなわけないよね」

すぐさま返すと笑いを含んだ声で「本当なんだけどね」と肩を竦《すく》める。さしてこたえてもいない様子だった。

「でも、美優さんは優しいね」

「は？　なんでよ」

「聞いたら厄介《やっかい》なことになりそうな相手だってわかってるのに、助けてくれたから」

男はそう言って、笑顔を見せる。見せられた私は、その綺麗《きれい》な造形にカチンと腹立たしさのスイッチが入った。

「調子に乗らないで、助けるなんて一言も言ってないから」

「ああ、そっか」

「友達のとこでも住み込みのバイトでも、とにかく早く行く場所探しなさいよ」

「どれくらい？」

「えっ？」

「何日以内に出て行けばいい？」

具体的に期限を設けることを彼のほうから言われるとは思わなくて、一瞬戸惑ってしまった。

「あ、じゃあ……三日くらい？」

「わかった」

当てが見つかるまで置いてくれとか、そんな風に居座られるのかと少し警戒していたから、妙に拍子《ひょうし》抜けしてしまう。じっと凝視する私に目線を合わせて、彼は首を傾げた。

「何？」

「……なんでもない。ちょっと写メ撮らせて」

「えっ、なんで？」

「いいでしょ、宿代だと思って」

ソファに座る男に向けて、スマホをかざしてシャッター音を響かせる。日中の室内って、光の加減が難しい。だけどさすが整った顔してるだけあって、どう撮ってもピントさえ合っていればそれだけで絵になるもんだ。

確認した画像は、やっぱり綺麗《きれい》でモデルさんみたいだった。後で、たまちゃんに見せて自慢しよう。

「俺、撮られるより撮るほうが好きなんだ」

「ああ、夏菜とは写真仲間なのよね？」

「貸して」と、手を差し出されスマホを手のひらに乗せると、彼は画面をちょっとだけ操作して私のほうへとレンズを向ける。

「えっ、ちょっとやだ！　汗掻いて化粧も剥《は》げてるのに」

「そう？　でも綺麗《きれい》だけど」

「えっ……」

「ほら、可愛い顔してる」

四角いスマホの向こうから、液晶画面を見ていた目が不意に上向いて。まるで射抜くみたいなふたつの瞳が、画面越しでなく私を見た。

どくん、と心臓が高鳴った瞬間、パシャッ、とシャッター音が鳴る。ほんの一瞬だった。

その瞳に拘束《こうそく》されたように身動きできなかった数秒からシャッター音によって解放されて、思わず深く息を吐き出した。

な……なんだったんだろ、今の。

どくどくどく、とまだ少し早鐘を打つ胸を押さえていると。

「ん、綺麗《きれい》に撮れた」

返ってきたスマホの画面には、先ほど撮ってもらった私が写っていた。

彼が撮った画像は、室内が背景の普通のスナップ写真のはずなのに、なぜか人物……つまり私が引き立てられて見える。構図のバランス、とか、だろうか。

「ね、可愛い」と、男が言ったのにも、頬が熱くなる。

画像の中の私は、確かに時間の流れから綺麗《きれい》な一瞬を選んで切り取ったみたいに、いわば奇跡の写りだったけど。それ以上に、ちょっと頬を染めて眉根を寄せた表情が……なぜだか、艶《つや》っぽい。

「あー……、うん。ありがとう、ほんとに上手いね」

棒読みで答えながら、画面を閉じた。

うん、本物より美人に撮れてるのには違いないから保存はしときたいけど、余り人には見せたくないな。

しばらくしてからおうどんを作って、私のほうにだけ買ってきたえび天を入れて男には溶き卵だけで我慢をさせる。当然、文句なんか言わなかったけど。多分ただの素うどんでも美味《おい》しそうに啜《すす》ったに違いない。

夕方にまた雨が降り出しそうな予報だったから後片付けは彼に任せることにして、その前に帰ろうと玄関で靴を履いた。

「じゃあ、もしもどうしても連絡が必要なことができたら、私の番号にかけてね。で、ここの家電を使っていいけど、覚えのない番号からかかってきても、絶対出ないで」

「うん、わかった」

あれからこの男と少し話をして、更に厄介《やっかい》なことが判明した。まさか、今時……スマホを持たない若者がいるなんて。念のため、男と連絡が取れるようにと電話番号を聞こうとして発覚したこの事実。

『持ってないわけじゃないよ?』と見せられた携帯は一昔前の傷だらけのもので、しかもずっと前に未払いでストップされてから、ずっと繋いでいないのだという。

『……それでどうやって行く当て探すつもりだったのよ』

『足使って知り合いに会いに行くか、とりあえず近場で住み込みのバイトでも探そうかな、と思ってたんだけど』

いや、それほど私もバイト経験あるわけじゃないけど……連絡先も持たない人間を雇《やと》ってくれるとこなんてあるのかしら。あ、ホストとか？

そう思って聞いたらまた呑気《のんき》な答えだった。

『俺、夜更《よふ》かしとか苦手』

『そんなこと言ってる場合？　あなたなら絶対稼げるじゃない』

そう言ったけど、男の態度はのらりくらりとしたもので、本気で探す気あるのか、と思ってしまう。

だけど、自分から期限設けようと言い出したくらいだし、なんとかするつもりはあるんだろう……と、今日のところは思うことにした。

とんとん、と靴のつま先で三和土《たたき》を叩いて踵《かかと》を収める。一段低い場所に立ったため、一層彼の背が高くなり大きく見上げる姿勢になった。

「私との連絡以外に、例えばバイトの面接とか。どうしても電話が必要な時は、ここの電話使ってくれていいから」

「ん、わかった」

「食料はコンビニで数日分買ってあるから適当に。エアコンはつけて。ここで死なれたら本気で困る」

「何から何まで、ほんとにありがとう。ちゃんと行くとこが決まったら、連絡してからここ出るよ。いつかけても大丈夫？」

「仕事してたり彼氏がいる時は出られないけど、その時は後でかけ直す」

そう言うと、彼は素直に頷いた。

「彼氏と一緒に住んでるの？」

「そうよ」

一応……と心の中で付け足した。滅多《めった》に彼が帰らない状況でも、居《きょ》を構えているという点ではイエスで間違いない。

「あ、そうだ。名前聞いといていい？」

よくよく考えれば、彼の名前をまだ聞いていなかった。知らなくても構わないが、会話する上で一応聞いておこう、と思ったのだけど。

「……必要？」

「は？」

まさか、の拒否。顔は笑ってるけど目が笑ってない、そんな表情がこんなにも冷ややかに感じるということを、初めて知った。

「好きに呼んでくれていいよ、なっちゃんもそうだったし」

……夏菜も、そうだったし？

呆気《あっけ》にとられているうちに、「じゃあね、気をつけて」と手を振られ、私はなかば追い出されるように部屋を出る。目の前で扉が閉まった音でようやく我に返った。

「なっ……」

なんっじゃ、そりゃあ！

たかが名前くらい、教えたってなんの害もないでしょうが！

ここまでしたのになんで……と、理不尽《りふじん》な態度に茫然《ぼうぜん》と立ち尽くす。なんなら今すぐ追い出してやろうかと思ったけど、別に愛想よくして欲しいから助けたわけでもない。見返りが欲しいわけでもない。

だけどそれでもやっぱり腹は立つわけで、私は腹いせに扉を一度蹴っ飛ばしてから、鼻息荒くその場を後にした。


「いやいやいや。あんたそれでよく追い出さなかったよね」

ばさっ、と白いシーツが翻《ひるがえ》った向こう側で、たまちゃんが呆《あき》れた顔をした。

金曜の昼間はリネン交換の日だ。患者さんが検査や外来診察に向かっている間に、交換できる部屋から片っ端にやっていく。

「えっ？　だって……一度許したことを腹立つからって覆《くつがえ》すのも大人げないと思って」

「そういうとこに付け込んでくるもんなんじゃないの？」

「えー……」

「助けた自分に酔ってるんじゃないの？　そういう部分に付け込まれるのよ」

たまちゃんは、時々歯に衣着せない物言いをする。だから信頼できるという部分もあるけど、それ以上にグリグリ心を抉《えぐ》られることのほうが多い。

別に、酔ってるつもりはないいんだけど……と心の中でぶちぶち文句を言うけれど、声に出せないのは反論できる自信もないからで。

だって……自己満足のような気持ちは欠片《かけら》もないか、と言われれば自信ない。行く当てがないと言われて追い出せなかったのは、冷たい人間だと思われたくないという無意識の見栄が働いたための偽善といえる。

「で……そういう感情を巧《たく》みに利用しようとするのがヒモってやつ？」

ボフッ……！　と、枕をスプリングマットの上に落としてしまった。

ヒモ。夏菜にとってそういう男だったのかな、などと、ちらりと思ってしまっていたことを、言い当てられたような気がした。

「大体、名乗らないって怪しすぎるでしょ、ヒモどころか結婚詐欺《さぎ》とかで前科でもあったりして。美優、気をつけなよ。私らみたいな職業って、わかっていながらそういうのから逃げられなかったりするんだから」

「どういう意味？」

「そこそこ高給で生活に余裕はあるけど仕事はきつくて忙しい。一般の会社員とは休みが合わない。寂しい夜に、一緒にいてくれるなら頼りない男でも傍に置きたい。男とふたりなら自分の稼ぎだけで十分食ってけるしね」

「冗談やめてよね」

いくらなんでも、そこまで馬鹿じゃない。それに、たまちゃんには言えないけれど、克之さんと付き合っているのだ。……別れ話を切り出すところだけれど。

恋人に黙って見合いして、婚約の噂まで流れるような人ではあるけれど。それが発覚するまでは、誠実な人だと思っていた。社会的地位もあり生活力もあるしっかりした大人の男性と付き合っていて、そんなヒモみたいな男に惹《ひ》かれるわけがない。

この先克之さんと別れたとしても、そんなやつを男として意識することはない。

だから、たまちゃんが心配するようなことには絶対ならない。心外だ。憮然《ぶぜん》として交換を終えた枕をベッドの定位置にやや乱暴に置くと、たまちゃんが肩を竦《すく》めて笑った。

「怒らないでよ、冗談だって、半分は」

「半分って何よ」

「まー……確かに、あの顔なら騙《だま》されてもいいかなと思うよね」

しみじみと言いながら、たまちゃんがシーツに指を滑《すべ》らせる。今朝更衣室で一緒になった時に、昨日撮った写メを見せた途端、たまちゃんは「きゃあ」と黄色い歓声を上げたのだった。

「っていうか、どうせ騙《だま》されるならあれくらい顔が良くないと納得いかないわ」

「ねえ、騙《だま》される前提で物言うのやめてくれない？」

自分が無理なくできる範囲の人助けをしているだけの話で、あの部屋は夏菜が出ていった後も、解約するつもりはなかった。克之さんと別れてそこに戻るつもりだったのだ。

だからどちらにせよ家賃は発生するし、私に何の被害もないのだ、せいぜい光熱費がかかるぐらいで。早いところ彼が行く先を見つけてくれないと、こっちの別れ話が進んだ時に私が住む場所に困る、これが最大の問題だろう。

「数日したら出ていくわよ、きっと」

さすがにそこまで図々しくない……ことを祈りたい。いつまでも面倒見てやるつもりはないぞ。

「っていうか、さあ……」

たまちゃんがボソッと呟く。見ると使用済みのシーツをかき集めて丸めながら、少し思案顔をしていた。

「私、なんか見覚えある気がするんだよね」

「え？　誰が？」

「だから、その名無しくん。気のせいかなあ……」

「芸能人か誰かに似てるとか？」

「誰よ？」

「わかんないよ、そんなの。誰に似てるの？」

そう聞き返すともう一度、うーん、と唸《うな》る。

「いや、似てるとかじゃなく。どこで見たのかな」

たまちゃんはどうしても気になるのか、リネンの交換の間中《あいだじゅう》ずっとうんうん唸《うな》っていたけれど、結局思い出せないまま交換は終わってしまった。


それから三日が過ぎる。

マンションにいる名無しくんがどうしているのかも気になったが、相変わらず仕事に忙殺されて様子を見に行くこともしなかった。

仕事が終わってから行くことは十分可能だが、彼がまだいたらそこでまたひと悶着《もんちゃく》あるわけだ。

……休みの日に行こう。

看護師は激務だ。身体を休めることを最優先しなければ。本当は、考えなければいけないことはいくつもあるのだけれど。

検査室に患者を送った帰りの階段を、三階へと上がっている途中だった。

「美優」

低い声が頭上から降る。下の名前で私を呼んだ彼は、上階から階段を下りてくるところだった。私は咄嗟《とっさ》に、視線を周囲に巡らせる。

この階段は各フロアとは鉄扉で区切られている職員用のものだ。誰かがいれば声や足音が響く。今は、私と彼のふたりだけのようだけど……いつ、誰が来るかわからないのに。

慎重《しんちょう》な克之さんには珍しい、と思った。

「お疲れ様です、宮下先生」

階段を下りてくる彼と近づく。他人行儀に小さく会釈《えしゃく》をする私に、彼が少し寂しそうに笑った。

「拗《す》ねてるのか」

「何の話ですか？」

今、彼は重篤《じゅうとく》な患者を複数人抱えていて、ほぼ毎日病院に泊まり込んでいる。私達のマンションはすぐ傍なのに、一度着替えを取りに帰ってきただけだ。

そのことを、私が怒っているると思っているんだろう。いつもなら彼のほうが職場では素《そ》っ気《け》ないのに、こんな風に声をかけて私の機嫌を取ろうとしている。

「食事はちゃんとしてるのか？」

私のいる段まで、あと三段。

「それが心配なのは克之さんのほうでしょ」

忙しいのは私もだけど、克之さんほどではない。職員食堂があるから、温かい食事にはありつけるはずだが……それも、時間があればだ。患者の急変があれば、食べ損ねることも多いはず。

「ちゃんと食ってるよ」

近づいてくる克之さんの顔色をつい観察する。疲れてはいそうだけれど、顔色はそれほど悪くはない。

心の中で密かに安堵《あんど》していると、すれ違いざまに、彼が突然手を差し伸べてさらりと髪を撫《な》でた。

驚く私の耳元に、顔を近づける。

「忙しくてごめん」

驚いて声も出せない私の耳たぶに唇で触れて言い残す。

上げかけた声はどうにか呑み込んで、階下を振り向く。すたすたと階段を下りて、地下の検査室のほうに向かう彼の白衣の背中を見送った。

……誰かに見られたらどうするのよ。

私は、小走りで階段を上がる。三階フロアとを隔《へだ》てる鉄扉のところで一度深呼吸をした。顔が熱い。触れられた耳たぶを手で押さえると、そこも熱かった。

「……もう」

きっと真っ赤だろう。少し冷えてから仕事に戻らなければ。かといって顔を洗いにいくわけにもいかないし、この場でパタパタと手で顔をあおぐ。

……信じたほうがいいのかな。

見合いだけしかしていない、と言った彼の言葉を、私はもっと信じるべきなのか。だって、そのことを私が問い詰めたりしなければ、それ以外の時は彼は本当に優しい。今までと何も変わらないのだ。動じない彼を見ていると、信じない私が悪いような気になる時がある。

流れる噂を彼がいちいち否定しないのは、本当に馬鹿馬鹿しいと思っているからかもしれない。それに、もしも本当に院長の孫娘と結婚するつもりなら、最初から不誠実なことなどしないだろう。たとえその結婚に愛情などがなかったとしても、だ。

克之さんと付き合ってこれまで、浮気をされたことはない。元々、言い訳めいたことをわざわざ口にする人ではないから、私に対して特に説明がないのもその必要がないからだろう。

だって、聞いた時も彼は本当に、馬鹿馬鹿しそうに、してた。

『噂なんかに振り回されるな』

その時の横顔を不意に思い出してしまい、ぎくりとした。疑う私が煩《わずら》わしかったのか、目を逸《そ》らして私を見なかった。

ずきん、ずきんと胸が痛む。

こんなにも私が疑うようになったのは、あの横顔が原因なのかもしれない。何が怪しい、とかはっきりと言えるものは何もない。だけど勘のようなものが、ずっと私に訴えかけていた。

本当に信じていいのか、と。

きゅう、と胃までが痛みを訴え軋《きし》み始める。お腹を押さえ痛みが治まるのを待っていると、熱くなっていた頬もいつのまにか冷めていた。

◆
◇
◆

「まー……予想はしてたよね」

『えっ、何が？』

仕事帰りにスーパーに向かって歩きながら、試しにマンションに電話してみると案の定繋がった。常識に沿って考えたらそろそろいなくなってるだろうと思ってたけど、いざこうして声を聞いてみると『やっぱりいたか』と思ってしまう。

「なんでもない。ちょっと今から行くから」

夕飯を何か作るか、面倒だしお惣菜《そうざい》でも買おうか悩んでいたけれど、この男がいるなら二人分……弁当でも買うか。

通話を続けながら、スーパーの入り口で黄色いカゴを手に取った。

『あ』

「何？」

『夕食、もしかしてまだ？』

「そうだけど。……わかってるわよ。どうせもう食べ物ないでしょ、あなたの分も……」

『いいえ、そうじゃなくて。買ってきて欲しいものがあって』

「図々しいな！」

『あははは。すみません』

余りにもさらっと言うから、咎《とが》める言葉も冗談交じりになってしまって。

「で？　何が食べたいの」

結局、希望を聞いてしまうのも、彼の思惑通りだったりするんだろうか。

彼がリクエストしたのはお弁当やお惣菜《そうざい》の種類ではなくて、食材ばかりだった。その時点で、何か作るつもりなのだろうとは気がついたから、言われるままに買い物を終える。

マンションに行くと彼はすぐに夕食の準備に取り掛かってくれた。見ていると、驚くほどの手際の良さで、手伝おうかと言う隙《すき》もない。そしてほんの三十分ほどの間にサラダとパスタとスープを完成させてしまった。

「……美味《おい》しい」

仕事の後でかなりの空腹だったということもあるけれど……これは。

「そう？　良かった」

くるくるとパスタをフォークの先に巻き付けて、次々と口に運ぶ。

「ごめんね、美優さんお腹空いてるだろうと思って余り時間かけずに作ったから。本当はもっと丁寧に作ってあげられたら良かったんだけど」

「ううん、十分。久々に美味《おい》しいパスタ食べた」

クリームチーズとトマトとベーコンのパスタは、盛り付けも完璧だ。彩《いろど》り鮮やかに、白いプレートの中央に上品に盛られ、黒胡椒《くろこしょう》も美しく振られていた。

見た目だけじゃなく味も完璧で、空腹だった私は、もっと味わいたかったのにあっという間に平らげてしまった。

「……ごちそうさま」

味の余韻《よいん》に浸《ひた》りながら、ほう、と溜息を漏らしてしまう。お腹もいっぱいでつい呆《ほう》けてしまっていたら、珈琲《コーヒー》の入ったマグカップがことりと置かれた。

「あ、ごめん！　私の分まで」

「いいよ、後でまとめて片付ける」

私のお皿まで全部下げてもらって、食後の珈琲《コーヒー》までお世話になってしまった。……いや、食材費は全部私だけどね。

「これ活かした職に就《つ》いたら？」

「作ってあげたい人にだけ作ってあげたいんだよね」

「そんな生意気な持論は、ちゃんと働いてる人が主張するものよ。はい、これ」

また、どこの職人だみたいな頑《かたく》なな言葉を吐くものだから、折角《せっかく》料理を作っていただいたけれどもそうそうに話を切り出す。彼に差し出したのは、食材と一緒にスーパーで買ってきた履歴書だった。

「親戚や家族には頼れないのか頼るとこがないのか、そういうことなんでしょ？　だったら早く住み込みの仕事探して」

この数日、うちの電話を使ってもいいとまで言ったのにそれでも行く場所がないってことはそういうことなんだろうと、結論付けた。差し出されたまま受け取ろうとしない彼の手に、ビニール包装された新品の履歴書を押し付ける。

「……あんまり、長く居座られても困るの。彼に知られたら良い顔するわけないし」

その彼とは、正直どうなるのかわからないのだけれど。それを口にすると隙《すき》を見せるような気がしたのでやめた。

彼は数秒躊躇《ためら》った後、やっと履歴書を手に取る。

「そうだよね、ごめん。なるべく早く探すよ」

「って、こないだ三日以内って話してたのに」

「いや、うん。そのつもりだったよ？　ちゃんと」

へら、と笑いながら彼は視線を逸《そ》らした。

「まったく、男なんだからちょっとしっかりしなさいよ」

「ごめんね。そういう美優さんは、優しくてしっかり者だね」

履歴書を手にして眺《なが》めながらそう言う彼に、なんだか馬鹿にされたような気になって上目使いに睨《にら》んだ。

「どういう意味よ、しっかりしすぎて可愛げないとでも言いたいの」

「なんでだよ、褒《ほ》めてるのに」

私の睨《にら》みを困ったような苦笑いでするりとかわして、「ただ」と言葉を繋げる。

「しっかり者の女性って、特別に甘える場所が必要なんじゃないかなって印象だから。きっと彼が上手に甘えさせてくれるんだね」

彼が柔《やわ》らかく微笑んだのに反して、私の心からぴきっとひび割れた音がした。

「うん、そうよ。お医者さんだから、将来も安泰《あんたい》だし」

「そうなんだ」

「年上だから、たくさん甘やかしてくれるし。忙しいからなかなか時間合わないけど、仕事だし仕方ないってちゃんとわかってるし」

「頼りがいのある彼氏だね」

「うん、そうなの」

言葉にすれば、少しは現実味が増す気がしたのに。

言えば言うほど、苦しくなってしまうのはなんでかな。

「……大丈夫？」

「え？」

「いや……気のせいならいいんだけど」

心配そうに私の顔を覗《のぞ》き込む彼を前に、私は上《うわ》の空だった。

──ずっと、君のことが気になってた。

──好きだよ、美優。

──そんなに心配なら一緒に住もう。引っ越しておいで。

もらったたくさんの言葉にしがみついて、信じようとした。最初は、信じようとしたのだ。

『大丈夫、大丈夫』

そう必死に言い聞かせて、一体どれだけひとりの時間を過ごしてきただろう。だって誰にも言えなかった。自分ひとりで、考えるしかなくて。

──ごめんな美優、ちゃんとするから。

『ちゃんと』の意味すら曖昧《あいまい》に誤魔化《ごまか》そうとして、別れ話も聞き入れず。私を中途半端に縛り続けるあの人から、もっと毅然《きぜん》として離れるべきだったのか。

これから先もずっと続くのだろうか。報《むく》われる未来が想像できない。そんな絶望を感じて途方に暮れそうになった時。

「……俺ね」

穏やかで柔《やわ》らかい音色が突然、耳から入り脳に浸透《しんとう》した。

「え？」

「ほんと、昔っから頼りないだとか、ぼーっとしてるってよく言われる」

柔《やわ》らかい声はそのままに、自虐《じぎゃく》めいた独白がいきなり始まって私は目を瞬《しばたた》いた。

「そう、なんだ」

「子供の時からそう。兄貴ふたりはすっげえ出来が良くてね。俺はなんかずーっとぼーっとしてた」

「ぼーっとしてる、って自覚があるってすごいよね」

なんだか言いぐさが可笑《おか》しくて、くすりと笑いながらそう相槌《あいづち》を打つと彼も笑った。

「自覚あるよ。ぼーっとしてなきゃ雨の中、何時間もずぶ濡れで待ったりしないよね」

「あはは、確かに」

「子供の時にも何度かやったよ。傘持ってるのに、ささずに歩いて怒られたこともある」

「なんでささないのよ」

「好きなんだよ」

「雨に濡れるのが？」

「目の前の景色が、天気で様相《ようそう》を変えていくのを感じるのが。雨は雨で味があるし虹が出れば綺麗《きれい》だし。折角《せっかく》の移り変わりを傘で邪魔されたくないし、その中の一部になりたいから雨が降るなら肌で感じたい。元々そういうやつだから、雨に濡れるのは全然苦じゃないんだよね。あ、ちょっと待って」

名前も名乗りたがらないくせに、急に随分饒舌《ずいぶんじょうぜつ》になったな、と不思議に思いながら、突然立ち上がった彼を目で追った。

部屋の隅に置いてある四角いバッグに歩み寄り、中から一眼レフの随分《ずいぶん》重そうなカメラを手に取ると、何か操作しながらテーブルへと戻り私の隣に腰掛ける。

「見て」

見せられた一眼レフのそのカメラには液晶画面がついていて、デジカメなのだとすぐにわかった。中に収められている写真が液晶画面に映し出されていて、彼がボタンを押すたびに画像が切り替わる。

「うわ……綺麗《きれい》」

「すごいでしょ、これなんか雲の形と茜色《あかねいろ》の差し具合が絶妙で」

「空を撮るのが好きなの？」

「なんでも。景色でも人でも、綺麗《きれい》なものの一瞬を切り取るのが好きなんだよ」

夢中で語る彼の目は、きらきらしてまるで子供みたいだった。

「あっ、これ！　うちのベランダから？」

「そう。昨日の夕焼けの一瞬」

「すご。山の手にあるし結構景色は良いほうだと思ってたけど……」

彼の手で撮られたら、こんなにも綺麗《きれい》な景色に切り取られるんだ。感心しながらまた次へと画像を送って、いつのまにか夢中になっていた私は。

さっき追い詰められた『絶望』から、ほんの少しの間、逃《のが》れることができていた。

彼には出て行ってもらわないといけない。そう思っていることに変わりはないし、ちゃんと職探ししているか、都度《つど》聞くようにはしている。

そんな風に自分を分析しては妙に安心してみたりするけれど、なんだか少しずつ、彼に気を許してしまっているのは気のせいじゃない。

何日かごとに数日分の食料を持ってマンションを訪れて、ついでに彼の手料理をいただく。

そんなことを何度か繰り返したある日。

今日は久々にたまちゃんとシフトが合って、昼休憩に一緒に職員食堂を訪れた。

「暑いから食欲湧《わ》かないね」

「そうだねー……」

メニューを前に、ふたりで悩んだけれどなかなか決まらない。先日梅雨《つゆ》明け宣言が出されてから、連日記録更新じゃないかと思うような、猛暑が続いていた。

「……冷たいものなら入りそう」

「私も。冷麺にする」

冷麺をカウンターでもらって向かい合わせに席に着いたが、やはり箸《はし》が進まない。

……こないだ作ってくれた冷製茶碗蒸《ちゃわんむ》し、美味《おい》しかったな。

彼の料理をつい思い出してしまうあたり、私はすっかり胃袋を掴《つか》まれているらしい。職員食堂の食事にそれほど不服はないけれど、どうやら舌が肥《こ》えてしまったみたいだ。

冷たくて美味《おい》しいはずの冷麺も、なんだか味気なかった。

「あっ、見てみて！」

「えっ？　何？」

たまちゃんがいきなり興味津々といった顔でちらりと視線を向けたのは私の後方。振り向いて、後悔してしまった。

テーブルをふたつ挟んで、克之さんとその向かいに座る女性の姿を見つけてしまったから。

ずきん、ずきんと胸が痛むのを、大丈夫、大丈夫と唱《とな》えて誤魔化《ごまか》して、たまちゃんの声にできるだけ平静を装《よそお》って返事をした。

ふたりでいる姿はもう何度もこの場所で見ている。

「あれ、婚約者だよね。うちの姉妹病院で看護師してるんだって」

「へー、そうなんだ」

働かなくても全然大丈夫だろうに、看護師なんてキツイ仕事やってるんだ。

「院長の孫なんだもん、働いてたってなんか色々優遇《ゆうぐう》されそうよね」

私がぽろりと零した言葉に、たまちゃんが驚いたように目を見開いた。

「何？」

「いや、美優にしては珍しく、さらりと毒吐いたなと思って」

「……そ？　毒っていうか、みんなそう思ってそうじゃない？」

「ま、その通りだけどね」

軽くかわしたけど、言うんじゃなかったと後悔で泣きそうだった。

私と克之さんのことをたまちゃんが知っていたら、きっと醜《みにく》い嫉妬《しっと》だとすぐに気がついたと思う。

惨《みじ》めな気分と、背後に今もいるだろう克之さんの婚約者の存在に押しつぶされそうで、息苦しくて仕方ない。

「休みにたびたび婚約者のとこに顔出しにくるなんて、絶対周囲への牽制《けんせい》よね」

たまちゃんのその言葉で、気持ちがまたゆらりと揺れた。

周囲への、牽制《けんせい》。

「そう……なの、かな」

相槌《あいづち》を打ちながら、私の心臓は早鐘を打っていた。

……もしかしたら、私の存在に彼女も気がついているのかもしれない。

そのことが頭から離れなくて、その日は仕事をしていてもすぐに気が散って、途中で何度も両手で頬を叩いて気を引き締めた。

怖い、と思う反面、気づいてしまえばいい、とも思う。

私ばかりが、どうして苦しい思いをしないといけないのか。先に付き合っていたのは私なのに、彼女は堂々と克之さんの婚約者のような顔をしている。

卑屈《ひくつ》な感情が頭をもたげ、仕事上がりの私を揺さぶる。メッセージを作って、送信する手前で指が止まっていた。

——今夜、会える？

婚約者が来てたんだ、今夜はきっとふたりで過ごすに違いない。もしも、メッセージの着信音を彼女が聞いたら？

『誰から？』なんて会話になったら克之さんは何て答えるんだろう。彼女は私の存在に気づいてるんだろうか？

気づいてないなら……気づけばいい。

そんな仄暗《ほのぐら》い闇に捕まりそうで逃げたくて、醜《みにく》い自分になりたくなくて必死で足掻《あが》く。気づいたら、ひたすらマンションに向かって歩いていた。

一昨日《おととい》行ったばかりで、まだ十分食料もあるはずで今は行く理由がない、『彼』のいるマンションに。

メッセージはまだ、送信せずにいられた。

エレベーターのボタンを連打して、早く早くと心が急《せ》く。ようやく到着した階を早足で進んで、部屋のすぐ傍まで近づいた時、足が止まった。

「あれ……美優さん？」

部屋の前で、あの四角いバッグを肩にかけて立っている彼がいたから。

……出て行こうと、してるんだ。

その姿を見て咄嗟《とっさ》にそう思って、酷《ひど》く裏切られたような気になるのは、あまりにも身勝手だ。でも、自分が誰にも必要とされてない気がした。

私は要《い》らない人間なのだと、言われているような気がした。

「どこか、行くの？」

そう尋ねた私は、どんな顔をしてただろう。きっと、縋《すが》りつくような情けない表情をしていたに違いない。

「あ、うん。今から……」

だから彼は、じっと私の表情を窺《うかが》った後、新聞受けに入れようとしていた鍵を、そっとポケットにしまったのだと思う。

本当は今夜出ていくつもりだったのだと、その時確信したけれど。

「ちょっと公園まで行こうと思って。すぐそこの、高台で景色が綺麗《きれい》なとこ」

話をすり替えてくれた彼に、気づかないフリをした。縁《ゆかり》も所縁もない、しばらくの間寝床と食料を提供しただけの間柄に過ぎないのに、彼は私を見捨てられなかったらしい。

それほど今、私は酷《ひど》い顔をしているのだろうか。

「写真撮りに行くの？」

「うん、そのつもりだったんだけど……美優さんは？　今日はどうしたの」

相変わらず、彼の声は柔《やわ》らかく耳から脳に、そして身体全体に浸透《しんとう》する。優しく、私の心に触れるように。

「……食欲なくて。こないだの冷製茶碗蒸《ちゃわんむ》しが食べたくなった」

「あはは。あんなので良かったら。じゃあ今から」

「ううん、公園行くんでしょ？　一緒に行って見てる」

「いいけど、お腹空いてない？」

「平気。それより、写真撮るとこ見てみたい」

私がそう言うと、彼は私に歩み寄り「退屈だよ？」と言いながらも、そっと背中に手を当てて、外へと促《うなが》してくれた。

夕焼けから徐々に夜に移り変わる空、それから色の変わっていくシーソーやジャングルジムまで。いろんな角度で思いつくままレンズを向けシャッター音を響かせる。

見ているだけでも、まったく退屈なんかじゃなかった。

「今日はなんか、哀しいことでもあったんじゃないの？」

「何、急に」

シャッター音と移り変わる空の色に浸《ひた》ってぼんやりとブランコを揺らしているうちに、私の心は随分《ずいぶん》と落ち着きを取り戻していて、不意打ちの彼の言葉にも平然とそう答えた。

「ん、なんとなく、だけど」

その間も止まらなかったシャッター音が。

「なんにもないってば。あの茶碗蒸《ちゃわんむ》しが食べたかっただけなの！」

私がそう言った後、ぴたりと止《や》んだ。不思議に思って空へ向けていた視線を下ろす。彼が薄闇の中私を見つめて、困ったような笑みを浮かべていた。

「美優ってちょっと強がりだよね」

「……なんで急に呼び捨てなの」

「なんか頼りなげで可愛いから。言ったでしょ、甘える場所が必要だって」

じゃり、と砂交じりの土を踏む足音が近づいてくる。ブランコに揺られる私の目の前で立ち止まると、ゆっくりと私の反応を見ながら手を伸ばして。

私の頭を撫《な》でるように手のひらを沿わせ、そっと自分の胸に抱き寄せた。こつ、と固い胸板に私の額《ひたい》が当たる。

瞬間、ふわりと彼の肌の匂いがした。

「よしよし」

「……何よ」

「今日はちょっと、いつもの甘える場所が遠かった?」

ふっと旋毛《つむじ》あたりに柔《やわ》らかいものが触れて、温かい息がかかった。

「大丈夫、大丈夫」

おまじないのようなその言葉を、彼の声で聞いた途端、じん、と目の奥が熱くなる。

遠いのは今日だけじゃない。

段々と遠くなっている気がして、しかもその場所は私だけのものじゃないかもしれないの。だから離れようと思うのに、鎖に繋がれたみたいにあのマンションから出られない。

心のどこかで、克之さんを信じたいと思っているからだろうか。そんな自分が、浅ましく感じて、もう苦しい。

声を出したら泣き出してしまいそうで、何も返事をすることができなかった。涙目なのを見られそうで顔も上げられずにいる間、彼はずっと私の頭を撫《な》で続けるから、いつまでも涙の気配が消せなかった。

仏頂面《ぶっちょうづら》でテーブルに座っていると、目の前にホカホカの茶碗蒸《ちゃわんむ》しが置かれた。

「冷製じゃない」

「うん、冷やすにはちょっと時間が足りないんだよね」

わがままを言う私に、彼は笑って「ごめんね」と言った。別に、本気で文句を言ってるわけじゃない。彼はまったく悪くないし、謝る必要だってない。

我慢して泣くのはなんとか堪《こら》えたけれど、それを確実に悟《さと》られているだろうという気まずさが、私にわがままを言わせただけだ。

「明日、来てくれるなら作っといてあげるよ、冷製茶碗蒸《ちゃわんむ》し」

「……」

「どうする？」

「……日勤だから、今日と同じくらいに来る」

ぼそ、とそう言って、茶碗蒸《ちゃわんむ》しをスプーンで掬《すく》った。

「おっけ。それまでに作っておいてあげる」

「生意気……ポチのくせに」

ふうふう、と冷ましながら茶碗蒸《ちゃわんむ》しを一口食べる。スプーンを咥《くわ》えてちらりと横を見ると、ぽかんと口を開けたポチが私を見ていた。

「何、『ポチ』って」

「好きに呼んでって言ったでしょ。名前ないと不便だからポチにした」

ペットみたいな名前を付けられたらいくらなんでも怒って名乗るかと思ったのに、彼はそれでも怒らなかった。

数秒固まった後、盛大に噴き出しお腹を抱えて笑って。

「さすがに『ポチ』は今までなかったな」

笑いすぎて目尻に滲《にじ》んだ涙を指で拭《ぬぐ》い、でもやっぱり名前は教えてくれなかった。それでいい、と私も安心する。だって、彼はやっぱり、私みたいな人間には危険だ。

テーブルの向かい側に腰掛けて、茶碗蒸《ちゃわんむ》しにふうふうと息を吹きかける男を見ながら、昨夜夏菜と話したことを思い出す。

もう眠ろうかと思い始めた深夜に夏菜から電話があり、彼の話を聞いた。彼が言っていた通り身体の関係だけはきっぱりと否定したけれど、行く当てのない彼を何度か部屋に泊めたことを認めた。

『今の彼と上手くいってなくて別れてた時期があったの。その時に』

写真サークルで知り合った時にはもうすでに、彼は友人や仲間内の家を転々とするような生活をしていたらしく、夏菜も素性《すじょう》は知らないようだった。

よくもまあ、知らない人を泊めていたものだ、と呆《あき》れてしまったけれど、人のことは言えない。

そして、なんとなくわかってしまう。

心が弱っている時に、するりと懐《ふところ》に入り込むような、あの穏やかな声と空気。

きっと夏菜もそれにやられたのだ。

『あまり深入りする前に、追い出したほうがいいよ。悪い人ではないけど……男としては最悪だよ』

余り多くを話したがらない夏菜の様子に、身体の関係はなかったとしても少なからず男性として意識したのだろうと、察することができてしまった。

私は、違う。

そんな風には、ならない。

そう否定するのに、結局私もこうして衝動的に会いに来てしまったのだから世話がない。

このまま依存したらだめだ。彼はきっと、ひとところには落ち着かない、ふらふらと根なし草のように生きる人種なんだ。

彼が名乗らないのもきっと、一定以上近づくつもりがなく、相手にも一線を引かせるためなのだと理解した。

だから、『ポチ』にした。間違っても、彼を男として意識しないように。

「あったかい茶碗蒸《ちゃわんむ》しも美味《おい》しいでしょ」

「美味《おい》しいけど、やっぱ暑い」

「わかってるよ、明日はちゃんと冷製のやつにしといてあげる」

テーブルには他に、揚げナスとトマトとオリーブオイルで和《あ》えた素麺《そうめん》がガラスの器に盛られていた。

……くそぅ。ほんとに美味《おい》しい。

依存してはいけないと思いつつ、ポチに鷲掴《わしづか》みにされた私の胃袋は、しばらく解放してもらえなそうだ。

第三話　揺らめき

きっと、あの時が、いけなかったのだと思う。

——外科の宮下先生が、婚約したらしい。

最初に、耳にした噂は、誰が発信したかもわからない本当に不確かなものだった。婚約した、と断言していたのもあったし、ただ見合いをしただけだというのもあった。

だけど一番こたえたのは、ふたりが仲睦《なかむつ》まじく歩いているのを街で見かけた、というものだった。

彼は、家が病院から少し離れていることもあり余り帰らないのだと言って、病院のすぐ傍に建つマンションの部屋も所有していた。そのマンションの合い鍵を持たせてくれたのは、信頼の証《あかし》のように思えていた、はずだった。

元々が昼も夜も関係ない職業で、会う時間は極端に少ない。その上、まことしやかに囁《ささや》かれる婚約者の存在に、その頃私の不安はピークに達していた。

何度も何度も、彼に確認しようとした。その末に別れ話になることも覚悟して。マンションで彼が訪れるのを待つ時間が、息苦しくてたまらなかったけれど。

真実を確かめようとする私に、彼はいつも笑って言う。

『断り切れなくて見合いをしただけだ。院長から言われては、どうしようもないじゃないか。本当に婚約するなら、美優に合い鍵を渡したりするわけない。少し考えればわかるだろう』

『でも、お見合いを断れなかったのなら、その先も、断れなかったりするんじゃないの？』

いつまでも晴れない私の顔色を窺《うかが》い、苦笑いをする。

『俺は、美優とずっと一緒にいたいと思ってる。そんなに心配なら、一緒に住めばいい。そうしたら、今より一緒にいられる時間も増えるんだから、不安も消える』

不安は消えないまま、茫然《ぼうぜん》とその言葉の受け止め方を考える。彼は「そんなことはありえない」と断言してはくれなかった。

だけど、「一緒にいたい」という甘い言葉に違和感をかき消される。いや、目を瞑ってしまったのだ。

『今度の休みに、引っ越しておいで。セキュリティ面でも安心だし、美優を不安にさせずに済む』

その言葉に私はしがみついて、一縷《いちる》の望みを繋いだ。本当は聞くのが怖かっただけだ、聞いて嫌われるのが。面倒な女だと、思われたくなかった。優しくて物わかりの良い美優でいたかった。

本当は何ひとつ、問題は解決していないというのに。私はそれを先送りにして、結果不安が消えたのはわずかな期間だけだった。

最初は少しの時間でも帰ってきていたけれど、段々と連絡の取れない日が増えていく。克之さんがくれた言葉を思い出して『大丈夫。大丈夫』と自《みずか》ら唱《とな》えて、やがて待つことに少しずつ慣れてはいったけど、蓄積された心の歪《ゆが》みに私自身気づいてはいなかった。

誤魔化《ごまか》し、誤魔化《ごまか》されながら、ひっそりと克之さんとの関係は続いていく。

克之さんはのらりくらりと私をかわし、婚約者の存在をはっきりと否定しなくなっていた。だけど結婚はしないと言う。噂に振り回されるなと言う。

私を放すつもりはないと、言う。

そして私は、別れたいという言葉を言いながら、本当のところは。彼が婚約をやめ、私を選んでくれることを、待ってしまっているのかもしれない。


「ポチー！　暑いよう、そろそろ行こうよ」

「美優さん、犬もつれてないのに外で『ポチ』なんて呼んだら、絶対変な人だと思われるよ」

「へーきでしょ、誰も聞いてない。こんな暑い日中に公園来てる人なんていないよ」

ポチはどうやら、公園が大好きらしい。彼が写真を撮りにふらりと出向くのに、何度か付き合ってわかった。

何気ない街角や交差点、歩道橋、いろんな場所で足を止めるけど一番多いのが公園だった。額《ひたい》や首筋から噴出してくる汗をハンカチで拭《ぬぐ》いながら、まだ花壇に向けてシャッターを切る彼に呆《あき》れて肩を竦《すく》める。

涼《すず》しい声で答えていたけれど、よくよく見れば彼のシャツも汗でぐっしょりだった。

多分、この暑さに気づいてないんだろうな……被写体に夢中で。

ほっといたらいつかカメラを手に持ったまま死ぬんじゃないかな、と思ってしまうくらい、彼は一度夢中になるとその他のことは目に入らないみたいだった。

自動販売機でスポーツドリンクをふたつ買って、そろそろと彼の背後から近づくとその首筋にペットボトルを一本押し当てる。

「うわっ！」

ほんとにまったく気づいていなかったらしい。びくっと背筋を伸ばして、驚いた顔で振り向いた。

「もう、美優さん。びっくりするよ」

「うるさい。いい加減にもう休憩にして。これ以上は看護師として見過ごせない」

改めて目の前にペットボトルを突き出すと、ようやく受け取ってフタを捻《ひね》る。ごくごく、と喉《のど》を鳴らして一息に飲み干す姿を見て、私も自分の分に口をつけた。

「……ありがと、生き返った」

「冗談じゃなく、いつか死ぬわよ。ほんとに」

真上を見上げると強い夏の日差しに眩暈《めまい》を起こしそうになり、目を細めた。すると、不意に腕を引かれて木陰へと促《うなが》される。

ほんの少しだけ、空気の熱さが和《やわ》らいだ気がした。

「気をつけます。……美優さん、看護師さんなんだ」

「そうよ、言ってなかった？」

「初めて聞いたよ。彼氏がお医者さんなのは聞いてた。じゃあ、職場恋愛？」

「そう。向こうは外科で私は内科だから、あんまり接触ないけど」

「じゃあ、折角《せっかく》同じ職場でもちょっと寂しいね」

「……そうね」

本当は、一緒じゃないことに少しほっとしている。傍にいて一緒に仕事していても、徹底的に秘密で通さなければいけないのならきっと今以上に寂しい思いを抱えてしまいそうだ。

素《そ》っ気《け》なく会話を打ち切った私に彼は敏感に何かを感じ取って、不意におどけてカメラのレンズを向けた。

「美優、目線こっち」

「あっ、ちょっとやだ！」

「そんな構えないで、普通にしてて」

「無理でしょ、汗でどろどろなのに！」

「ちゃんと可愛いって」

パシャ、とシャッター音が鳴る。

彼が液晶画面を確認して、ふっと微笑んだ。

「ほらね。俺が撮ったら可愛いんだって」

「何それムカつく」

言い合いながら液晶画面をふたりで覗《のぞ》き込むと、そこには困惑顔で何かを言いたげな私が写っていて。

「美優さんって困った顔多いね、可愛いけど」

「そっちが困らせてから撮るからでしょうが。っていうか……」

「何？」

「ポチが撮ると、なんでなんかエロくなるの？」

なんかちょっと、恥《は》ずかしいんだけど。

そう言うと、彼はぷっと噴き出してから言った。

「艶《つや》っぽいな、とは思うけどね。俺がそう撮ってるんじゃなくて美優さんがそういう顔するんだよ。俺は切り取ってるだけ」

「私がエロいって言いたいの？」

「俺エロいなんて一言も言ってないのに！」

じろりと睨《にら》む私に「なんで俺が責められるの」と眉尻を下げて笑った。本当に、この男はいつも笑ってるな、と思う。

そして私が落ち込みそうになったら、敏感に感じ取ってすぐに話題を変えたり目線を逸《そ》らさせたりして、頭の切り替えをさせるのが上手い。

多分夏菜も、今まで彼の面倒を見た人も、こういう部分にやられたんだろうなー、と実感する日々だ。

「さすがに今日はもう帰ろうかな。これ以上外にいたら干上がりそう」

「気づくのが遅いよね」

「美優さん、お夕飯どうする？」

「ん……ど、しよ」

私は非番だけど、克之さんは今日は病棟巡回《じゅんかい》や手術をこなしているはずだ。急患でもない限り夜は帰ってくる。

でも、昨日も外来だったから早く帰ってきてもいいはずなのに、帰らなかった。お昼にまた婚約者が来ていたから……

ぼんやりと考えていたら、ポチがふっと口元を緩めて微笑んだ。

「美優」

またあの、浸透《しんとう》力の高い声で名前を呼ぶ。

——この声、好きだなあ。

「また、何か哀しいことでもあったの？」

そう言って、私の頭を引き寄せて髪を梳《す》き、旋毛《つむじ》に口づける。

「大丈夫、大丈夫」

その声を聞きながら目を閉じる、この行為ももう何度目だろう。もう、哀しいのかどうかもわからなくなってきているけれど、彼がそう言ってくれると、私は今哀しいのだと認識することができる。

私はまだもう少し、大丈夫らしい。

「……ごはん」

「ん？」

「イタリアンが食べたいな」

そう言うと、また旋毛《つむじ》でひとつリップ音が鳴る。

「いいよ、一緒に買い物行く？」

「うん、行く」

彼が私に触れるのは、こうやって私の頭を撫《な》でる時ぐらいだ。

それ以外なら例えば……よそ見して歩いていたら、不意に手を取って階段を下りるまで誘導してくれたり、とか。

「美優さん、危ないよ」

公園からスーパーに向かう途中の階段で、ポチが私に手を差し出してくれた。こんな仕草、普通恋人でも余りしない気がして、周囲の目が気になる時がある。けれどそこらじゃそうそう見られないモデルみたいな外見のポチにそんな扱いをされたら、優越感は半端ない。

車道側を歩いてくれたり、店の中ではカートを押してくれたり、買ったものはほとんど全部持ってくれる。

まあ……支払は全部私なのだけども。そこはもう、言っちゃうとなんのフォローもできないのでちょっと横に置いておいて。

その点以外では、彼は必ず私を女の子扱いしてくれる。ほんの些細《ささい》なことの連続ではあるけれど、あまりに丁寧に扱われるからすごくくすぐったい。

歩く速度は、私の速度。彼はずっしり重たいエコバッグをふたつ両手に下げて、私の手では、エコバッグに入り切らなかった食パンの小さなレジ袋が揺れている。

「どっちか持とうか？」

「いいよ、結構重いから」

「なんでかな。買い出し行くと、ついつい色々買いすぎちゃうのに、案外数日分もなかったりするよね」

「買ってくれた肉で数えると、三日分くらいかな？　明日は何食べたい？」

「うーん」

随分《ずいぶん》と攻撃的な夏の日差しを見上げながら、数秒悩む。

明日は夜勤だけど、出勤前に食べに来ようか。最近は暑くて余り食欲もないけれど、なぜかポチのごはんなら食べてもいいと思える。

「食べやすいの。肉とかあんまり」

「じゃあ食べやすい肉料理ね」

「えー」

気の抜けた声で抗議するけれど、彼は隣でクスクスと笑いながら私の抗議を流してしまう。

「美優さんはちょっと細すぎるくらいだから、もう少し肉食べないとだめだよ」

そんな風に、体調や食事の心配まで誰かにしてもらうのは久しぶりだった。こういうのは苦手だけれど、なんだか嬉しい。照れくささを誤魔化《ごまか》すように、私はつい茶化してしまうのだけど。

「なんかお母さんみたい」

「あはは。ポチから昇格《しょうかく》させてくれる？」

「ポチはポチだけどね」

マンションへの道のりはさほど遠くはないけれど、この日差しの中では暑さで息苦しいくらいだ。それなのに、こんなに笑い合いながら歩けるのだからポチの癒《いや》し効果は半端ない。

「お母さんとポチの言うことはちゃんと聞かないとだめだよ」

「はあい」

多少天邪鬼《あまのじゃく》になってる私も、最後には素直になってしまうのだから。


部屋に帰って、ポチが買って来たものを冷蔵庫に入れにキッチンへ向かう。私は先にエアコンのスイッチを入れて、それからポチの後を追った。

食材をテキパキと冷蔵庫に入れていくポチの背後を、何か手伝おうかとうろうろする。が、ポチの手際が良すぎて手が出しにくい。しかも、うしろから覗《のぞ》いていると、冷蔵庫の中もきちんと整理ができていて、感心してしまった。

「美優さん、スプーンふたつ出してくれる？」

まとわりつくだけで役立たずの私を振り向き、ポチが言う。それから、ビニールに入ったカップアイスふたつを手で持ち上げてみせた。スーパーで買ったやつだ。

「食べよ、アイス」

「溶けてないかな？」

「氷一緒に入れといたから、まだ大丈夫」

言われた通りにスプーンを食器棚の引き出しからふたつ出す。ポチが持つビニール袋の中にはバニラとストロベリー、二種類のカップアイスが入っている。

「美優さんはストロベリーで良かった？」

「うん。でも、バニラも気になる……」

私はストロベリーが食べたい気分だったのでそれを選んだのだが。ポチがこのメーカーはバニラが格別に美味《おい》しいと力説していたのを思い出した。

そんなことを言われると、気になってしまう。

「交換する？」

「じゃあ、半分食べたら」

「いいよ」

ソファに座ると、彼がストロベリーのほうのカップを私の手に乗せて、その手でスプーンをひとつ取っていく。

ぺりぺりと薄いフタを捲《めく》ると、そのフタをポチが持っていって自分のと重ねてテーブルの上に置いた。

「……ポチは良いお嫁さんになるよ」

そして良いお母さんになるよ。女だったらだけど。

彼はスプーンでアイスをつつきながら可笑《おか》しそうに笑った。

「じゃあ美優さんがもらってくれる？」

冗談だ。ただの言葉遊び。

だけど、笑って何かを言い返そうとして、言葉が出ない。ポチがスプーンを咥《くわ》えて私を見た。笑顔のままで固まっている私と数秒、見つめ合っていたけれど、何もなかったように目を伏《ふ》せて微笑む。

「でもやっぱり、美優さんに必要なのはお嫁さんじゃなくて頼れる旦那様だよね」

そう言って、バニラアイスの表面をスプーンで掬《すく》う。

「なんで?」

「強がりの女の人には、ちゃんと甘えさせられる大人の男の人が一番でしょ」

アイスクリームを食べるのに専念し始めたポチとは、もう目が合わない。私に本当に必要なのは、いいお嫁さんのポチじゃなくて私が彼に話した大人の男性、克之さんなのだと言われた気がした。当たり前でしょ、と言えばいい。なのに、また私は言葉に詰まった。仕方なく彼の手元を見る。ちょうどバニラアイスが半分になったところだった。

「ポチ、交換」

「美優さんの、まだ半分いってないよ?」

「うん、バニラが食べたいからいい」

だから早く頂戴《ちょうだい》、と私のアイスを彼に差し出す。ぶっきらぼうになってしまったことが、拗《す》ねたように思われなかっただろうかと少し気になったけれど。

彼は、気にする素振《そぶ》りも見せずに、アイスの交換に応じた。

「まあ、お母さん兼ポチとして言えることは……美優さんはちょっと、休みが足りないよね」

カップを入れ替えながらそんなことを言う。

「仕事が忙しいからね。休日はちゃんと寝てるよ」

「身体の休息も大事だけど……よかったら今度、気分転換にどこかに出かけないかな？」

カップを片手に、スプーンは口に咥《くわ》えて、もう片手でジーンズのうしろポケットに手を入れる。

すると、半分に折りたたまれた茶封筒が出てきた。

「こないだ、短期のバイトだけ見つかって。お給料もらったから、これでどこか行こうよ」

くしゃっとよれた茶封筒と彼の笑顔を交互に見る。なかなか仕事が見つからず、彼なりに少しでも稼いで来ようと考えたのだろうか。

それは、なんとなく、わかるのだが。

「本当は、さっきスーパーの会計の時に出そうと思ったんだけど……それしちゃうと誘えないと思って」

「いや、それはもう今更だしいいけど、それ、貯めとけばいいのに」

食費に関しては、その分美味《おい》しいものをしっかり食べさせてもらっているのでそれで相殺《そうさい》だと考えている。そうでないとやってられないというのもあるが。

ここから出て行く時、それなりにお金がいるだろう。彼が稼いだお金は、その時のためにとっておくべきだ。ずっとここにいてもらっても、困るのだから。

「えっ」

けれどポチはそんな声を上げて、目を見開く。私の意見は、至極《しごく》真っ当だと思うのだが、どうやら彼を驚かせたらしい。

「そんな無理しないで、大事に置いときなよ」

更に私がそう言うと、今度は彼の眉尻が下がり、とても残念そうな表情になる。それから茶封筒を見つめて、次は寂しそうなものに。

「美優さん、時々すごくしんどそうだから。気分転換したほうがいいと思ったんだよ……」

そう言うと、首を傾げて弱ったような笑みを浮かべる。

——うっ。

きゅんっと胸の奥が痛くなった。なんだこの、罪悪感は。

まるで捨て犬に縋《すが》られているような気持ちになってしまう。

「いや、でも」

「だめ？　昼間にちょっと。外は暑いから、涼《すず》しいとこに。映画とか水族館とか……あ、プラネタリウムもいいね」

きらきらとした薄茶の綺麗《きれい》な目が、じっと私を見る。なんだか私が、ポチを突き放そうとしているような気にさせられてしまって。

「……いいけど。じゃあ、映画？」

「やった。ありがとう美優さん」

ぱっと花が咲いたように笑う。

あ、あざとい……！　なんか悔しい……！

本当にこの人、ホストにでもなれば一財産稼げるに違いないと思った。

それから五日間の連勤があって、その翌日。私はポチとふたりで、大きな商業施設のある駅まで来ていた。駅から連絡通路で繋がっているので、酷暑《こくしょ》の日差しの中を歩かなくて済む。

「映画が見たいんだよね？」

「うん」

途中で案内板を見つけて、映画館のある場所を探す。そこそこ歩くことになりそうだけど、途中レディースファッションのフロアの中を抜けていく感じだから、お店を見ながらゆっくり向かうことになった。

人気のある施設だけれど、今日は平日なので人が少なくて歩きやすい。好きなブランドを見つけたが、店頭に立っているマネキンのイメージが以前と少し違っていることに気がついた。そういえば、こんな風にゆっくり店を見て回るのはどれくらいぶりだろう。

克之さんとは、一度もこんな風に歩いたことがない。

「あー……なんか本当に、すごく久しぶりかも」

何を買うでもなく、店に入るでもなく散歩くらいの速度でゆっくりと進んでいく。ただそれだけのことなのに、酷《ひど》く解放感があった。

ショッピングモールの高い天井を見上げたり、通り過ぎる店のほうを向いたままで歩いたりしているうちに、通路が緩やかなカーブになっていたことに気づかなかった。

不意に腕を取られて、軌道修正を促《うなが》される。

「よそ見しすぎ」

「人が少ないからつい……ありがとう」

お礼を言うと、にこりと笑い返してくれる。こういうささやかでありふれたやり取りに、私は飢えていたのかな、と思う。すごく嬉しく感じてしまうから。

私の腕を取った手が、離れるまで少しの間があった。微笑んだまま前を向いたポチにつられて、私も前を見る。ポチが前方を指差した。

「あのエスカレーターを上だったかな？」

「あ。多分」

手を繋いで歩くような関係ではないのに一瞬それを考えたのは、私だけでなく彼も、同じだったのだろうか。


その日やっていた映画は子供向けのアニメとハリウッドのアクション映画、それと邦画が二本。ひとつは学生の恋愛もので、もうひとつは確実に泣けそうなヒューマンドラマ。

「泣くのはストレス発散に良いって言うよ」

ヒューマンドラマを推《お》す理由がそれって。ポチの目から見て私はそんなに、メンタルがやられていそうなのだろうか。

「知ってるけど、泣くとなんか疲れる。できればスカッとしたり癒《いや》されたい。ポチは？　好きなジャンルとかないの」

「……美優さん。さすがにここではそれは禁止ね」

ちょうど近くを通った人が、変な目でこちらを振り返っていて、私は慌てて口元を手で隠す。もっとも、その女性はすぐにポチに見とれて呼び方のことは忘れてくれたようだけれど。

「呼ばないように気をつける」

「声で呼ばずに済むように離れないようにしとく」

目を見合わせて、クスクスと笑い合った。

結局、ふたりで決めた映画はアクション映画で、カウンターで私は初めてお金を払うポチを見た。ちょっと「おお」と思ってしまったけど、それを言ったらさすがの彼も拗《す》ねてしまいそうなので、黙っておくことにした。

人が少なく、空席が目立つ。自分達の席の番号を見つけて座ると、買ってきたソフトドリンクをドリンクホルダーに入れた。

買い物でのんびり歩いたのも久しぶりだったが、映画はそれ以上だ。子供みたいだけれど、少しわくわくしてきてしまった。

「美優さん、間のホルダーにポップコーン入れとくよ」

「あ、ありがとう」

「結構、冷房効いてるね。寒くない？　膝掛けとか借りてこようか」

ここでもポチはやっぱりお母さんキャラだ。

「大丈夫。ちょっとゆっくり座ったら。あ、ほら始まるよ」

すっと照明が落ちて、目の前のスクリーンを指差した。


映画館を出て、すぐ近くのカフェに入った。向かいの席で、ポチは肩を震わせている。

「……起こしてくれたらよかったのに」

そんなにも笑わなくていいのに、と隣を睨《にら》んでそう言うと、彼は「ゴメン」とやっぱり笑う。

「起こしたよ？　何度か」

「どうやって？」

「手をちょっとだけ叩いたりして。でも全然起きないから、よっぽど疲れてるんだなあと思って。何せ、車が派手にビルから飛んで隣のビルに突っ込んだ時の音でも起きなかったし」

「……そういうシーンがあったのね」

映画はとても面白かった……と思う。中盤くらいまで、夢中になって見入っていたはず。だけど、ほんの少し主人公がビルの地下に隠れて息をひそめていた静かなシーンの間に、私はすっかり眠ってしまったらしい。そこから先のストーリーをまったく覚えていない。

気がついたらエンドロールが流れていて、楽しそうなポチに頬を指でつつかれていた。

「もー、悔しい！　ちゃんと観たかった！」

「次の休みにまた見に行く？」

「同じのを？　ポ……あなたは二回目になるじゃない。それなら次は別のがいい」

「んー、じゃあ、ヒューマンドラマ？」

会話から自然と次の約束に繋がっていってしまう。いいのかな、と思いながらも、あまりにもこうしている自分が自然体で、楽で、そんな自分を受け入れていた。

「お待たせいたしました」

女性店員が、私のパフェとポチのアイスティを運んでくる。それぞれ私達の前に置きながら、ちらちらと目がポチのことを見ていた。

「ごゆっくりどうぞ」

「ありがとう」

お礼を言ったのは私とポチの両方だ。けれど店員の目に私は一切映っておらず、ポチの優しい微笑みにぽっと頬を赤くして俯《うつむ》いた。

……まあ、気持ちはわかるけどー。私だってお客様なんだけどー。

肩を竦《すく》めてスプーンを手に取りながら、ふと周囲を見た。店員だけではない、店内にいる女性のほとんどが、さっきからポチにくぎ付けだ。

ポチを見て、それから私を見て値踏みする。これは、スーパーで一緒に買い物をする時でもいつもそうだけど。

彼を見ると、周りの視線などまるで気づいてもいないように、ストローの包装を取ってアイスティのグラスに差している。そんな何気ない仕草がとても優雅《ゆうが》で、私がポチに買った安物の服がなんだかとても良いものに見える。

視線が集まるのは当然だなあと、ついその綺麗《きれい》な顔を眺《なが》めた。同時に、私達は周囲からどう見られているのだろう、とそれも気になる。

手を繋いだりはしていないけど、カップルっぽく見えるのかな。それか、姉と弟、とか。

……そういえば、ポチって年いくつなんだろう。年下だろうな、となんとなく確信はしている。結構離れているのか、それとも近いのか。案外同い年だったり？

こんなフラフラした二十九歳、嫌だけど。

ロングスプーンでパフェの生クリームを掬《すく》い、ひとくち食べる。その間も注《そそ》がれ続ける、今この店の中で一番不躾《ぶしつけ》だろう私の視線に、ポチが気づいた。

「どうしたの？」

不思議そうに首を傾げる。自分のことを探られるのを嫌がる彼だけれど、年齢くらいは聞いてもいいだろうか。

「あなたって、いくつなのかなって思って。それくらいは聞いてもいい？」

「年齢のこと？　二十八だよ」

躊躇《ためら》うこともなく、あっさりと教えてくれた。まあ素性《すじょう》を知られるようなことを嫌がっている雰囲気だから、年齢だけなら何の問題もないんだろう。

しかし、案外、近かった。

「……ひとつしか変わらないんだ」

「ひとつ違いってことは、美優さんは二十九？　お姉さんって雰囲気すると思ってたらやっぱりお姉さんだった」

「どういう意味よ」

年上ぶった態度を取ってしまっていただろうか。ちょっと拗《す》ねてポチを睨《にら》んだけれど、確かに思い出せば私のポチへの態度はそんなものだった。だけど、仕方がないと思う。二十八でフラフラして住むところもないような人なんだもの。

「どうして怒るの。年上のお姉さんといえば、優しくて意地っ張りで、困ってる人を放っておけなくて、冷たくしても結局気になって様子見に来ちゃうとか、そんなイメージあるでしょ？」

からかうような口調でポチが言う。彼のセリフはわざとらしく、私のこれまでのポチへの対応を指していた。私は、むっと口をとがらせて目を眇《すが》める。しかし、それからすぐに微笑んでみせた。

「……わかった。そうよね、あなたの言う通りだから気をつけないと。名前も言えないような人と関わったりとかしないように」

ポチのからかいに意地悪でそう返事すると、ポチが慌てて身を乗り出した。

「悪い意味で言ってないのに。本当に優しい人だなあって思うけど、ちょっと危なっかしいなあって」

それ、ポチが言うんだ……と、内心呆《あき》れてしまう。だけど、ポチが困った時の笑顔は、ちょっと情けなくて気が抜けてくる。

そんな私の心の小さな変化まで、彼には手に取るようにわかるのか。彼の笑顔はほっとしたものに変わった。

「パフェのアイス、溶けちゃうよ」

「うん。あなたはアイスティだけで良かったの？」

「さっきポップコーンほとんど俺が食べたからね」

「……ごめんって」

苺ミルク味の甘いポップコーンを残して私はすっかり眠っていたので、映画終盤になっても起きない私に変わって、急いで食べてくれたらしい。

少し溶けてきたてっぺんのアイスをスプーンで大きく掬《すく》って、口に入れる。そんな私の様子を眺《なが》めてから、ポチはグラスの中をストローでかき混ぜた。

ひとつひとつの仕草が、上品で綺麗《きれい》。伸びた背筋。食事の時にいつも感じるのは、躾の厳しい、きちんとした家で育ったのではないかということ。案外、良いところの御子息《ごしそく》だったりしないだろうかとか。

それでいて家事全般なんでもこなし、特に料理はプロじゃないかしらと思うくらいに味も見た目もいい。そして、読心術に長《た》けているのかと思うくらいの繊細な心遣い。

……本当に、何者なんだろう。

気になるのに聞けない。近づいてはいけないとわかっているのに、彼のことを知りたいと小さな欲求が頭を掠《かす》める。彼の過去や出自に触れない、他愛ないことなら構わないだろうか。

聞いても許される質問はなんだろうか、と無意識に探してしまう私がいた。

◇
◆
◇

ポチと映画を見に出かけた日から、仕事帰りにポチのところにごはんを食べに行く回数が増えた。翌日からの連勤の後、再度やってきた休日は映画には行かなかったが、やっぱりポチが写真を撮りに行くのについていった。

私はいつのまにか、すっかり気が緩んでいたんだろう。そんな状態で半月が過ぎた時だった。近々、学会を控えた克之さんは忙しく、これまで以上にほとんどの時間を病院に取られていて、たまにマンションに戻っても私とすれ違ってばかりで顔を合わせる余裕もない。

途中でスマホも鳴らなかったし今夜も多分、克之さんは帰らないのだろうとすっかり思い込んでいた。

ポチの作ったポモドーロやカルパッチョを食べて、後片付けも一緒にして帰ったのは二十一時を過ぎていて。

「え……克之さん？」

帰ると家の明かりがついていて、驚いた。リビングへと進む。テーブルにはデリバリーしてもらったんだろう、一人分では明らかに多いローストビーフやサラダ、オードブルが広げられていて、少しずつ手が付けられていた。

だけど克之さんの姿がどこにも見当たらない。お風呂だろうかと振り返ろうとしたら、いきなり背後から抱きすくめられた。

「きゃっ」

「美優、どこ行ってた？　休みのはずだと思ったが」

いつもよりも少し棘《とげ》がある低い声に心臓が跳ね、そのままどくどくと早鐘を打つ。

「ご、ごめん。友達とごはん食べてて……克之さん、今日も帰らないと思ってたから」

「俺だって、たまには早く帰るよ。美優とゆっくりしたくて」

少し腕の力が緩んで、声が和《やわ》らぐ。ほっとして腕の中で振り返ると、やはりお風呂に入っていたらしい、彼の髪が濡れていた。

彼の前髪から視線を下げて、ぎくりと私の頬が強張《こわば》る。甘く優しい言葉と裏腹に、一瞬、目の奥に鋭いものを見た気がした。

「あ……ごめんね。お料理頼んでくれたんだ」

本当なら、こんなに謝る必要はない。それに、今の破綻《はたん》しかけている関係で、何事もなかったようにこんな風に抱きしめてくる克之さんを私は拒否してもいいはずなのだ。だけど、そんな彼が異様な気もして、迂闊《うかつ》に逆らってはいけない気にさせられる。それが私達の決着を遅れさせているのだとわかっていても。

「すぐ帰ってくるかと思って。でも食ってきちゃったんだ？」

「うん……ごめん」

私の髪に顔を寄せ、抱きしめている手が背中や首筋を優しく撫《な》でる。うなじから指を差し込んで髪をかき上げ、露《あら》わになった肌に口づけた。

ぞわ、と背筋が凍るような感覚と、嫌悪《けんお》。久しぶりの性的な接触だった。いつのまに私の身体は、こんなに拒否反応を示すようになっていたんだろう。

けれど、やっと得られた時間なのだ。機嫌を損ねると、またまともに話ができなくなる。

「髪、伸びたね」

「……うん、そろそろ美容室行かないと。ね、くすぐったいからちょっと離れて」

笑いながらやんわりと、彼から離れようとする。だけど、彼の腕はびくともしない。

「なあ」

私の耳元で、彼の声が冷ややかに響いた。

「違うシャンプーの匂いがする。どこで風呂入ってきた？」

瞬間、はっと息を呑む。同時に首筋に埋《うず》めていた彼が顔を上げて、怒りを含んだ目の色で私を見下ろした。

どこか別の場所で、お風呂に入らなければいけないようなことをしてきたのかと疑われていると、すぐに気づいて慌てて頭を振った。

「前のマンションよ、ほら！　私がこっちに越してきてから、友達が住んでたとこ」

「ふうん？」

「友達が結婚が決まって引っ越していったから後片付けをね、しに行って」

慌てているから、余計なことまで話しやしないかと、必死で言葉を繋ぎ合わせながらも心臓がドキドキしていた。

いくら肌がベタベタして気持ち悪いからって、やめとけば良かった。確かにシャワーを浴びてきたけれど、断じて彼が疑っているようなことはない。公園で汗だくになって、どうにも我慢できなかったからだ。

「片付けしてたら、汗だくになっちゃって。だから、シャワーを」

「食事してきた友達は？」

「あ、えっと。その、そこを貸してた友達！　一緒に部屋を片付けてたの、当然でしょ？」

嘘を重ねるたびに、緊張して口の中が渇いて、上手く言葉が出なかった。ポチの存在をどうにも説明することはできない。疚《やま》しいことは何もないのに……

——本当に？

ふと、自分を否定するような疑問が頭を過《よぎ》った。説明できないのは、説明すれば克之さんが良く思わないことをわかっているからだ。

そう気づいてしまった瞬間、罪悪感から私は克之さんから目を逸《そ》らしてしまった。

今、ここで怪しまれたら。ポチのことを知られたら。何かされるのではないか。それくらい、彼の目は異様に怒りを含んでいる。

克之さんは無言のまま、数秒ほど思案した後、私を抱きしめたままソファへと腰を下ろした。

仰向《あおむ》けに寝転がると、私を腰に跨《また》がるように座らせ抑揚《よくよう》のない声で言う。

「脱いで」

「え？」

「自分で」

躊躇《ためら》う私に、下から冷ややかな視線が催促し続ける。疑われてる、間違いなく。

克之さんの怒りがひしひしと伝わってくる。じっとりと嫌な汗が滲《にじ》み、首筋に流れた。戸惑って身動きひとつできずにいると「早く」と、私の手をシャツの裾《すそ》へと誘導する。

瞬間、嫌だと頭が拒否した。

どうして、私がこんな風に責められなくちゃいけない？　克之さんは、肝心な話をいつもはぐらかしてしまうのに。

理不尽《りふじん》さに、胸の奥から苛立ちが湧《わ》き上がる。ぐっと腹に力を込めて、声を絞り出した。

「克之さんはどうなの？　ずっと都合の悪いことをはぐらかしてばかりじゃない」

声が震えたのは、克之さんに対して強く反論することが初めてだったからなのか、もしくは相変わらず冷たい視線に晒《さら》されている怯《おび》えだったのか、自分にもわからない。

神経が高ぶって唇も震えていた。彼の目を強く睨《にら》み返しても、彼のほうはぴくりとも表情が動かない。

「院内のみんなが言ってる、院長のお孫さんと克之さんが、婚約してるって」

「何度も説明した。見合いはした、それを周囲が必要以上に騒いでいるだけだ」

「でも、病院まで押しかけて来てる。お見合いした時点で噂になってるのに、そんなの見たらみんな確信して当然じゃない、どうして……」

どうして、見合い相手にそんな行動を許すのか。いくら私達が秘密の交際をしていても、そんな状況にならないようにせめて気遣って欲しかった。

克之さんが忙しいのはわかっている。

仕事に心血《しんけつ》を注《そそ》いでいるから、それ以外のことに無頓着なだけかもしれないけれど、それなら私のことは、シャンプーの香りが違っただけでこんなにこだわるのはおかしい。

そう思いながら、また、もう何度も考え、答えの出ないことが頭を過《よぎ》る。私は克之さんからどんな言葉をもらえば納得できるのか。見合いをしただけだ、という克之さんの言葉だけでは信じられず、別れ話をチラつかせて彼の気持ちを試そうとしている。

浅ましい自分が、みっともなくて情けない。だけど、胸の中を渦巻く重い感情が、昇華できなくて自分ではもうどうしていいのかわからない。

冷たい視線に耐えながら唇を噛みしめる。

すると、ふっと彼の唇が歪《ゆが》んだ。

「つまり、俺への当て付けか」

「え？」

「本当は、誰と遊んで来たんだ？」

その言葉で、また頭に血が上る。

「違うよ、変な誤解しないで！」

どうして克之さんと話をしているといつも、本当にしたい話から逸れていくんだろう。無理やり跨《また》らせられていた彼の身体の上から降りようとした。けれど、片手がしっかり私の腰を掴《つか》んで阻《はば》む。そしてもう片方の手が、私の首元に触れた。

びくっと肩が小さく跳ねる。首根っこを掴《つか》まれた猫のように、身体が竦《すく》んだ。咄嗟《とっさ》に逃《のが》れようとしてその手首を掴《つか》んだが、びくともしなかった。

「……克之さん？」

「嫉妬《しっと》も多少なら可愛げがあるが、まさか他の男に走るとはな」

その指先が頸動脈《けいどうみゃく》のあたりでぴたりと止まる。そんなことはしていない、と、声も出せなくなった。ただ首を横に振ると、腰を掴《つか》んでいた手が私の服の裾《すそ》から入り込む。

頭の中にポチの顔が浮かんだ。ポチの存在があるだけで、克之さんは許さない。たとえ男女の関係じゃないと言ったってそんなことは通用しないだろう。

罪の意識が、私を従順にさせる。それに加えて、ここで認めてしまったらポチに何かされるような、そんな恐怖を抱いてしまった。

「自分で脱ぐ？　それとも脱がされたい？」

泣きそうになりながら、ゆるゆるとシャツの裾《すそ》を捲り上げて肌を晒《さら》していくとまた更にハードルが上げられた。

「下着も取って」

「やっ……なんで？」

「脱げないのか？　今更見せて恥《は》ずかしいことなんかないだろ」

自分で服を脱ぐ、という行為そのものが恥《は》ずかしいのだと、わかっているくせに。涙目になって下唇を噛みしめても、克之さんの表情はぴくりとも動かなかった。

仕方なく、背中に両手を回してホックを外した。わずかな解放感の後、布と胸との間に冷房の効いた冷ややかな空気が入り込む。

両腕を下ろすと下着がするりと落ちて、克之さんの手がそれを完全に奪い去った。

「……っ」

上半身だけ、何ひとつ纏《まと》うものもなく、心もとなく震えているとお腹に彼の指が触れた。恥《は》ずかしくて視線を逸《そ》らしても、じっと見つめられていることを肌で感じてしまう。

酷《ひど》く長く感じる無言の数秒が過ぎ、不意に腰を抱えられてくるりと視界が反転した。

ぽふ、と背中にソファの柔《やわ》らかさが触れる。やっと、終わったのかとほっとしたのは束の間だった。

「じゃあ、次。下、ね」

静かなリビングに容赦《ようしゃ》ない言葉がやけに響いた。

脱力してソファから滑《すべ》り落ちた足が、ひやりとした石の床に触れる。この部屋は、こんなに無機質で冷たかったっけ。

ソファに横たわる全裸の私の肌は、余すところなく克之さんの目線に晒《さら》されて熱を持つ。彼は、見るだけで私の身体にそれ以上、触れなかった。他の男と会って来たばかりの私に触れることは、きっと彼のプライドが許さないのだ。

「……綺麗《きれい》な身体」

あるはずのない痕跡《こんせき》を探して這《は》い回る視線に、ぞくりと鳥肌が立ちそうでそれを悟《さと》られるのも怖くて。

「美優。他の誰にも、触らせるな」

恥《は》ずかしいよりも、克之さんの声が冷たいことが怖い。甘い空気に流されて大人しくしていれば、克之さんは優しくしてくれたのだろうか。すべてに目を閉じて「信じてます」と言っていれば。従順に求めに応じて、不義《ふぎ》なんてしていないと必死で伝えていれば、彼は満足だったんだろうか。

だけどそれができなかった時点で、克之さんはもう私を信じていない。私も克之さんを信じていない。

ならどうして、彼は別れようとは言わないんだろう。それは、情なのか未練なのか。

克之さんの気持ちばかり推《お》し量ろうとする私自身の気持ちは、一体今どこにあるんだろう。

第四話　裏切り

激しい通り雨に襲われて、バチバチバチとうるさいほどに傘が鳴る。

「うわー！　やだ、足元ぐしょぐしょ」

両手にずっしりと重たいスーパーのビニール袋をぶら下げて、ようやくポチのいるマンションに着いた頃には靴の中が雨水でぐじゅぐじゅと嫌な音がしていた。

「ちょっと美優さん！　なんで電話しないの？　荷物持ちくらいするのに」

玄関に入るなり、どさっと大荷物を下ろして激しく肩で息をする私に、ポチが咎《とが》めるような声を出した。

「……たまご」

「は？」

「大丈夫だったかな、今、勢いよく下ろしちゃった」

私の言葉に、ポチがビニール袋の口を開いて中を確認する。

「大丈夫、割れてない。また……随分《ずいぶん》買い込んだね」

「うん。どう？　これだけあったら一週間分くらいはある？」

「十分。多いくらいだよ」

「そう、じゃあ十日くらいは大丈夫かな？　その頃また来る」

よいしょ、と立ち上がる私にポチが戸惑った声で問いかけた。

「もう帰るの？　ごはんは？」

「いい。時間ない」

わざと素《そ》っ気《け》なく話すのは、敏感なポチに私の中の不安を悟《さと》らせないためだ。そんな装《よそお》いすら、もしかしたらポチは感じ取ってしまうような気もするけれど。

案の定、私を見下ろす彼の視線は訝《いぶか》しげで、眉根を寄せ何かを探るようだった。彼に悪意はなく心配してくれているだけなんだろうけど、もうそんな視線はたくさんだ。優しくされたら、また私は甘えてしまう。

「仕事忙しいんだ？」

「そうなの。余りポチに構っていられる時間もなくって。だから早く、ポチも住み込みのバイトでもなんでも見つけてよ？」

「あ……うん、ごめんね。ちゃんと探してるよ」

「しっかりしてよね」

突き放すように冷たく言って、背中を向けたのに。

「待って……美優さん、大丈夫？」

「何が？　別にポチに心配してもらうようなこと何もない」

こんなに感じ悪いのに、やっぱりポチは怒らない。

「あっ、忙しくても、ちゃんと食べないとだめだよ」

扉が閉まる寸前《すんぜん》聞こえたセリフはそんなんで……迂闊《うかつ》にも涙が出そうになった。

疑われたあの夜から二週間、克之さんの束縛は激しいものだった。いつ鳴るかわからないスマホには、すぐに応答しなければ機嫌が悪い。そしてわずかな時間でも、毎日マンションに帰ってくる。といっても、急患ですぐに呼び出されたりして、一晩丸々家にいたのは数日だったけど、突然戻ってきたりするから私も気が抜けない。

私のシフトはすべてチェックされているし、家にいるはずの時間に私がいなかったりすればまた疑われるかもしれない。

あんなに自信に溢《あふ》れた人がここまで私を束縛するのは……もしかしたらどこかで私達ふたりを見たのかもしれない、とそう思っている。

考えてみれば、ふたつのマンションは病院を挟んで逆方向になるが、徒歩圏内だ。ポチと一緒に公園にいたりスーパーに出かけたり、私が迂闊《うかつ》すぎたのだ。

私が非番の今日、彼は外来当番の曜日だった。さすがに外来中は抜け出せるわけがないから、午前中のうちに買い物をしてポチに食料を届けに来たのだけど。

「早く帰らなきゃ」

昼休憩に食堂に行くより私の手料理が食べたい、と今朝克之さんに言われたのだ。帰って急いで何か作らなくちゃいけない。

「何、作ろうかな」

ポチに何か教わっていればよかったな、と思いながら激しい雨脚の中帰路を急ぐ。足が重い。心が揺れる。その揺らめきを、あの人に悟《さと》られてはいけない。

それに、少なくともこの二週間においては、私は誰よりも優先されている。今の彼に、仕事と私以外に時間を割《さ》いている様子はない。

元々、私はこうなることを望んでいたんじゃないかと、そんな気がしてくる。続く束縛が私の思考力を奪っているのは、なんとなく気づいてはいるけれど、どうする気力もなかった。

こんな関係が、恋人と言えるのだろうか。この先に、未来はあるのか。

そんな心の声まで全部、雨がかき消してくれたらいいのに、と思う。

昼食を食べ終えた克之さんが、満足した顔で出て行った。玄関の閉まる音が聞こえた途端、私はほっと気が緩んで溜息をついた。彼がいなくなるとどっと疲労感が押し寄せる。

ひとりきりではなくなった、私達の家。その家が、じわじわと私の首を絞めていく。

ぼんやりと宙を見ながら、思わずぽつりと呟いた。

「……ポチのごはんが食べたい」

やっぱり胃袋掴《つか》まれてるなあ。

会いたいけど、行っちゃやだめだ。もしもあのマンションにポチがいることが克之さんにバレたら、行く場所も見つからないままその場で放り出されるに決まってる。

そうなる前に、ポチにはちゃんと行く場所を見つけてもらわなくちゃいけない。不必要に素《そ》っ気《け》なくしたのもなるべく接触しないようにしてるのもそのためで、だけどそれだけでもない。

あの、柔《やわ》らかく浸透《しんとう》する声で名前を呼んで、髪を撫《な》でて欲しい。『大丈夫、大丈夫』と唱《とな》えて欲しい。

依存してはいけないとあんなに思ってたはずなのに、いつのまにかポチに癒《いや》されて彼との時間がすっかり心の支えになってしまっていた。

このままじゃ、いけない。私と克之さんの関係以上に、ポチとの時間は非日常で不確かなものだ。一時的なものに頼っちゃいけない。彼はふらりとまたいつ消えるかわからない、そういう生き方の人なんだから。

◇◆◇

力ずくで従わされたような、そんな自覚はある。

だけど、信じればちゃんと彼は優しい。

克之さんの束縛に何ひとつ異論を唱《とな》えず従って、それでようやく彼の様子も落ち着いてきたように感じる。けれどそれに反比例するように、私の疲労は溜まっていく一方で、昨日職員食堂で一緒になったたまちゃんが、私の顔を見て眉をひそめて言った。

「あんた……肉食いなさい、肉を！」

そう言って私の皿にカツ丼のカツを半分もくれた。だけど、正直あまり食欲もない。

克之さんとの生活がストレスになってるんだろうな、ということもまあ、自覚がある。婚約者の影も今のところは鳴りを潜《ひそ》めている。押し付けられた見合いを断れなくて、一応の形をとっているだけだと言った。

その彼の言葉を信じていいのだ。疑った自分がいけなかった。

じゃなきゃ、彼女を放り出して私に時間を割《さ》くことはおかしいし、一緒になんて住めるわけがないもの。

だから、前向きなことだけ考えよう。何度も何度も頭の中で繰り返しては、自分に言い聞かせる言葉が増えていく。

大丈夫、大丈夫。

あの雨の夜、憧《あこが》れの人とコンビニまで歩いて手を繋がれた。

大丈夫、あの日始まった恋はまだ続いている。

後は早く、ポチがちゃんと働き場所と寝床を見つけてくれれば。なんて自分に懸命に言い聞かせて、私が神経をすり減らして気を揉《も》んでいるというのに。

その彼は依然《いぜん》、私の部屋から動きそうにない。本当に、なんて人を拾ってしまったのだ、私は。

「……ポチ。ほんとにちゃんとバイト探してるの？」

「探してるよ、それにこないだ、また三日間だけの短期バイトだけど行ってきた」

「……高校生のアルバイトじゃないんだから」

玄関先で立ったまま、呆《あき》れて二の句も継げず溜息を落とす。また食料品の入ったスーパーのレジ袋を手渡すと、茶封筒が代わりに返ってきた。

「何これ」

「その時のバイト代。少ないからお世話になってる分になんて到底届かないけど、三日分全部入ってるから」

覗《のぞ》くと、中には一万円札が二枚と千円札が数枚、それといくらかの小銭。確認すると、指で封筒の入り口をもう一度きっちり折ってそれをポチに突き返した。

「いらない。ここ出た後の食費や交通費に置いときなよ」

「そんなわけにいかないよ、ずっとお世話になりっぱなしだし」

「そう思うなら、もっと真剣に仕事探して」

彼は困ったように眉尻を下げ、やっぱり茶封筒を手のひらで押し返してくる。

「わかってる、ちゃんとするよ。そんなことより、美優さんのほうが心配なんだけど。ちゃんと食べてる？　顔色も……」

「……そんなこと？　そんなことじゃないよ」

心配をしてくれるのは嬉しい。だけど、彼の優しさは無責任だ。いつかいなくなるのなら、これ以上私に構わないで欲しい。

「私の心配なんていらないよ。余計なお世話。……ポチのくせに」

わざと、嫌な言い方をした。

冷たくしないと彼はいつまでも出ていかない。

「ポチのくせにって」

乾いた笑い声と共に、そんな反論にもならない言葉が返ってくる。きっと、さすがに怒った。いざ嫌われるとなると、怖くて心臓が痛くて顔を見られなかった。

だけど、そのほうがいい。嫌われてしまったほうが、私にとってもポチにとってもいいはずだ。

「何よ、文句ある？」

「ないけど、ポチって付けたの美優さんのくせに」

「そうよ、でも名前付けさせるように仕向けたの、そっちじゃない」

わざと怒らせるような言葉を選んでいるつもりだったけど、途中から案外本気だったかもしれない。それくらい、唇からするすると躊躇《ためら》いなく言葉が出てくる。

「自分が名乗りたくないから好きに呼んでなんて言うんでしょ？　必要以上に近づかせたくないからなんでしょ？　だったらもう、いいじゃない。私のことにも無責任に構わないで」

言い切ったと思ったと同時に、勢い余って私達の間で行ったり来たりしていた茶封筒を、彼の胸に叩きつけてしまった。

狭い玄関に、私の荒い息の音ばかりが響いていた。その音が、私ひとりで興奮してしまった証拠のような気がして恥《は》ずかしくなってきた頃、ポチが不意に屈《かが》み込んで床に落ちた茶封筒を拾った。

「……だったら、なんで泣きそうな顔ばっかりするの」

茶封筒のカサリという音が響く。私は息を呑んだ。見上げてくる彼の顔がちっとも怒ってなくて、少し眉を下げた微《かす》かな笑みが、なぜか切なさを呼んだ。

「ほら、また。そのくせギリギリのとこでちっとも泣かないの。そうやって俺の気を引いてるの、美優さんのほうだ」

そんなことない、気なんか引こうとしてないし、別に泣きそうにもなってない。

反論しようにも、私がどれだけ酷《ひど》い言葉を放っても怒らない彼に、もう逆らう気も起きなくてただ俯《うつむ》いた。

「顔、上げて」

イヤ、と頭を振ったらすかさず思わぬ言葉で追い込まれる。

「こっち見ないと、キスするよ」

驚いて顔を見上げた。彼が屈《かが》んでいるから、思ったよりもずっと近い距離でふたりの目が合った。

力が入らなくなった私の手に、彼はもう一度封筒を握らせる。

「ねえ。美優さんが大事に思ってる人は、同じくらい貴女を大事に思ってくれてるの？」

「え……」

「俺には心配する資格もないかもしれないけど。忠告くらいさせて。その人は、今の貴女をちゃんと見てくれてるの。美優さん、ちゃんと自分が見えてる？」

瞬《まばた》きすることも逸《そ》らすこともできなかった。ただ、なぜいきなりそんなことを言い出したのかがよくわからなくて、忙《せわ》しなく視線が彷徨《さまよ》う。

「なんで、そんなこと言うの」

「美優さんが、少しも大丈夫には見えないから。こんなに痩せて、顔色も悪い。俺何度も聞いたよ。

ちゃんとごはん食べてるのかって」

大きな手が私の両頬を包んで、親指が肌を撫《な》で目の下の隈《くま》を擦った。その手が頭を撫《な》でながら『大丈夫大丈夫』と言ってくれるのが好きだったのに、今は反対に不安を煽《あお》ることばかり言う。

「言わないで、大丈夫だってば」

「鏡見てみる？　酷《ひど》い顔してるよ」

そう言っていきなり私の両腕を掴《つか》むと、三和土《たたき》から引っ張り上げようとする。その力の強さに、怖くなって激しく彼の手を振り払った。

「やだっ！」

勢い余って玄関扉まで後ずさり、背中が固い鉄の扉に触れた。距離を取った私を追いかけて、ポチが裸足《はだし》のまま三和土《たたき》に下りて玄関扉に両手をつき、ガシャンと大きな音を立てる。

「……ポチ」

左右に目を走らせるとどちらもポチの腕に塞《ふさ》がれていて、逃げ場が見つからなかった。俯《うつむ》こうとすると彼の顔が肌の熱まで伝わるくらいに近づいて、それもできない。後頭部をうしろの扉に預けて、視線は伏《ふ》せて逸《そ》らした。

「美優さん」

名前を呼ばれた瞬間、瞼《まぶた》に吐息が触れてきゅっと目を閉じた。

……キス、される。

いつのまにか固く握りしめていた両手の中で、爪が手のひらの真ん中に刺さって鈍い痛みを生んだ。

痛い。手のひらも、どくどくと加速していく胸の鼓動も、噛みしめた唇も。

閉じた暗い視界の中で、肌だけが敏感に吐息を感じて、彼の唇が今どこにあるのかを教えてくれる。

触れそうで触れない距離を、頬、額《ひたい》、と迷うように彷徨《さまよ》って、最後に強く噛みしめた下唇あたりで止まる。

次の瞬間、柔《やわ》らかくて温かい、濡れた感触が唇に触れた。

「……っ」

驚いて目を開けると、相変わらず至近距離で彼のふたつの目が三日月を象《かたど》っている。

「……な、舐《な》めた？」

「うん、舐《な》めた」

そう言って、一層目を細めてくすくすと笑うと。

「聞いて、美優さん」

私の好きなあの声でまた、名前を呼ぶ。この声を聞くと、いつだってその言葉は私の身体に素直に浸透《しんとう》してしまうから不思議だ。

「美優さんが名前を付けたポチは、忠実だから」

「……うん」

そう、名前を付けたのは私。欲しがったのは、彼。

そう再認識させられたみたいで、また線引きをされたみたいで、それで良いはずなのに泣きそうになる。

そんな私を見て、ポチは私の目尻に触れて優しく撫《な》でた。

「忠犬ポチは、いつでも助けに行くよ。忘れないで」

ポチの片手がドアノブに下りて、同時にカチャリと音がする。さらりと背後から風が流れ込んでくるのを感じた。彼が足元に落ちていた私の鞄を拾い上げると、私の腕に通して持たせ押し出すように扉の外へと追いやった。

「ごめんね」

「え……」

「頼りないやつで、ごめん」

扉が閉まる寸前《すんぜん》、その隙間《すきま》から垣間見えた表情はやっぱり優しく笑ってたけど寂しそうだった。

それを見た途端、わからなくなる。

先に線引きをしたのは、本当はどっちだったんだろう？

扉に触れようとした自分の指先が、震えていることに気がついた。確かめるためにもう一度、その扉を開ける勇気が出なかった。

今度こそ扉を隔《へだ》てて遮断《しゃだん》されたのは、私のほうだった気がしたから。

急遽《きゅうきょ》姉妹病院へ異動になった内科の先生の送別会があると克之さんに話した時、随分《ずいぶん》あっさりと了承してくれたな、と思ってたけど。

なんだ、そういうことか。少しは信用する気になってくれたのかと思ったけれど、どうやら違ったらしい。

◇◆◇

送別会の会場である居酒屋に行くと外科医も数名呼ばれていて、その中に克之さんの姿があった。

「外科の先生も呼ばれてたんだね」

「先生同士は手術で結構接点あるからね。美優、ほら、肉」

「ああ、はいはい。食べる食べる」

離れた席で良かった。とりあえずたまちゃんと仲良くしてお茶を濁《にご》して帰ればいいや。

人前では克之さんは素《そ》っ気《け》ないくらい徹底的に「宮下先生」の顔だ。職場でもその空気はちくちくと胸を刺すのに、それ以外の場所でもそんな思いはしたくない。

内科の病棟看護師と内科医、それに外科医と十数名が揃った座敷は賑やかで、お互いに端にいれば会話の内容など聞こえない。

聞きたくなんか、なかったのに。

「えーっ！　そうなんですか？　おめでとうございます！」

同僚の看護師の少し興奮した声が聞こえ、そちらへと視線が向いた。私だけじゃなく、その場のほぼ全員の視線が集中する中、私の目に映っているのはただひとりだった。

克之さんが、隣にいるもうひとりの外科医に向かって何か慌てているのがわかる。

「おい、今こんなとこで出す話じゃないだろ」

「なんでだよ、別にいいだろ、どうせすぐに広まるさ」

「そうですよ、おめでたい話じゃないですか」

興奮した看護師が克之さんの向かい側から、ビールを注ごうと茶色い瓶を差し出した。

「何々、何の話？」

話が聞こえていなかった何人かが、そう問いかける。

やめて、聞きたくない。

心臓がどくどくと鳴って冷や汗が噴出してくる。手のひらがじっとりと濡れて、ぎゅっと強く握りしめた。

嫌な予感しかしない。聞いたら、だめだ。そう思っているのに、聴覚はしっかりと彼らの会話を捉《とら》えてしまった。

「宮下先生とこのまなみさん、おめでたなんだって！」

「俺も今朝聞いたとこなんだよ」

「嘘ぉ！　おめでとうございます！」

乾杯、とグラスを鳴らし合う音がする。私はそれを、どこか別世界の音のように聞いていて、その間ずっと克之さんの顔を見ていた。

「じゃあ、結婚もいよいよですね」

「赤ちゃん、どっちですか？」

「いやいやまだわかんないだろ。え、今何か月？」

「三か月って言ってたかな」

そう答えた克之さんも、やっぱり別世界の人間らしい。だって、こんな話題の中取り残される私のほうを、ちらりとも見ようとはしないから。

——……なんで？

一層固く握った拳《こぶし》が、震えているのがわかる。頭からさっと体温が下がって血の気が引いた。

——本当に、結婚するの？　だったらなんで、この数週間必死になって私に時間を費《つい》やしたの？

頭が混乱する。疑うなと言った、私をがんじがらめにして束縛して、絶対に放さない、そんな独占欲を剥《む》き出しにした、あの彼は一体なんだったのか。

「……美優？　どした？」

隣にいるたまちゃんが私の異変に気づいて声をかけてくれたけれど、私は思考を止めることができなかった。

このままじゃ、皆に気づかれるのに。

——克之さんには、私がいるのに。

——どうして、私から克之さんとの時間を奪うんだろう。

ずっとそう思ってきた。悪いのはあちら側の人間だと、心のどこかでずっと、そう思っていたのかもしれない。本当に婚約したなら、別れなくちゃと思っていた時でさえ。婚約者や、婚約の話を無理やり進めた院長や、その周囲の人間達が悪いのだと、無意識にそう思ってたのだ。

だから、こんなに、今衝撃を受けている。

「おめでとうございます！　宮下先生、パパになるんですねぇ！」

高らかに聞こえた祝福の言葉と同時に湧き起こった拍手の音に、真実を突きつけられる。

——違う。加害者は、私だ。

「美優、ちょっと」

たまちゃんが私の肩を揺すり、ようやく目の焦点《しょうてん》が彼女に向けられた。私は小さく頷いて、辛《かろ》うじて笑顔を作る。

「ごめん、ちょっと飲みすぎた。……お手洗い行ってくるね」

立ち上がると、足に力が入らなくて少しふらついた。しっかり、しなくては。ここで泣いたらいけない、あと少し。

あと少し、耐えるんだ。

身体の隅々に言い聞かせて、動き出さない四肢《しし》を必死で動かした。周囲がお祝いムードでよかった。私の様子に気がついたのはきっとたまちゃんと、見ないフリを続けている克之さんだけだろうから。

「美優……あんた、まさか」

「大丈夫」

たまちゃんが何かを察して私の後を追ってきてくれたけど、私はバタンと扉を閉めてトイレに閉じ籠《こも》った。

「うっ……」

途端、堰《せき》を切ったように涙が溢《あふ》れ出す。嗚咽《おえつ》だけは、外に漏れないように必死で口元を手で覆《おお》った。

「……ふ、うっ……」

今までずっと、ポチの前でもひとりでも流すことを堪《こら》えてきた涙が、ぱらぱらと溢《あふ》れて床にシミを作った。本当は、泣く資格なんか私にないのに。

祝福され、お腹に赤ちゃんがいる婚約者にとって加害者は私だ。赤ちゃんの父親を横から掠《かす》め取る、悪い女は私。

とっくに終わっていた恋。克之さんの言葉を信じきることもできないでいたくせに。初めて彼が見せた独占欲に、振り回されながら心のどこかでまだ愛されているような気になって。

甘言《かんげん》に縋《すが》り付き目を逸《そ》らし続けた、痛い女は。

「……私だ」

どうかしてる。

私も、克之さんも。

婚約者がいてお腹に赤ちゃんがいて、それでも私を放したくなかったのだろうか。婚約者がいるのに、本当に彼が恋をしているのは自分だと思い込もうと、私は必死になっていたのだろうか。あの場で泣き出したくなかったのは、何も克之さんの立場のためだけじゃない。こんな、情けなくて惨《みじ》めな自分を、誰にも知られたくなかった。

私と克之さんは、終わらなくちゃいけない。どうかしている。それでも克之さんは私を突き放すつもりもなく独占し続けるつもりなんだ。

自分は私のものになるつもりもないくせに。

「……はは」

力なく笑いが漏れた。

私がこんな状態になっても、克之さんは声をかけにも来てくれない。人目を避けてすら。理由は明白だ。私に知られたことが気まずくて、また何事もなかったように流してしまう気なんだ。

ふたりになったらまた甘言《かんげん》を囁《ささや》いて、強い独占欲で雁字搦《がんじがら》めにする。これでは、いつまでも終わらない。終われない。

止まらない涙のせいで視界もはっきりしなくて、堪《こら》える嗚咽《おえつ》のせいで自分の呼吸以外何の音も聞こえない。

力が入らなくて、もう、ここから一歩も動けそうになかった。

外に出たら、またあの場所に戻ったら。これ以上克之さんのおめでたい話ばかりを聞かされたら、何の罪もない婚約者やふたりの間にできた子供に悪意まで抱いてしまいそうで恐ろしくなった。

どうしよう。どうしたら、ここから逃げ出せる？

暗い闇の底に放り込まれて取り残されたような私の身体の奥から。不意にじわりと染み出したのは何度も何度も私に浸透《しんとう》し続けた、あの柔《やわ》らかな声だった。

『忠犬ポチは、いつでも助けに行くよ。忘れないで』

その声が一条《いちじょう》の光のように思えて、目を見開いて顔を上げる。差し込む光はとても細いものだけれど、真っ暗闇にいる私にはなにより強く確かな光に見えて。

私はその光に縋《すが》りつくように、ポケットに入れていたスマホを取り出して震える指で操作する。

嫌われるような、ことを言った。あの時、ポチは寂しそうな顔をした。もう、どこかへ行ってしまったかもしれない。

それでも私は今もまだ彼があそこにいるような気がして、気がつけば、ポチのいるマンションの電話番号を選んで発信していた。

第五話　恋に落ちてよ

呼び出し音が鳴っている間、彼が出ないなんてないと信じて疑わなかったのはなぜだろう。

『美優さん？』

電話越しですら、その声は私の身体に浸透《しんとう》していく。

「ポチ」

『うん』

「ポチ……」

『どうしたの？　美優さん』

彼の声は落ち着いていて、まるで私が吐き出すのを待っているようだと、思えた。

「…………助けて、ポチぃ……」

ぽろぽろと零れる言葉と連動して落涙《らくるい》が作る床の模様を、目で追っていた。

あの人、結婚するんだって。浮気相手は私のほうで、彼女じゃないの。お腹に子供がいるんだって。彼女と子供を苦しめる、悪女が私。

言葉を連ねるごとに、実感するのは後悔だけではなく、言葉も交わしたことのない離れた場所から見かけたことがあるだけの婚約者への羨望《せんぼう》と嫉妬《しっと》が溢《あふ》れ出す。

声に出すほど苦しくて、だけどそれはきっと私には必要な過程だった。

思い知らなければいけない。もう、あの人は私の恋人ではないのだと。悪女は私のほうなのだと。

「……どうしよう、もう、動けない」

こんな姿で、外には出ていけない。けれど鞄が座敷に置いたままになっているし、どうしても帰る時に悟《さと》られる。

「助けて……」

あのタイミングで席を離れた私が、こんなぐちゃぐちゃになって帰ろうとしたら……間違いなく私と克之さんの関係は悟《さと》られるだろう。

それどころか、尾ひれがついた噂にでもなってしまうかもしれない。

なによりもう足が動かない。

『いいよ』

しゃがみ込んで一歩も動けなくなってしまった私の耳から、その声はゆっくりと全身に浸透《しんとう》する。

ひくっ、とひとつ、嗚咽《おえつ》で肩が跳ねた。

『今、どこにいるの』

「駅前の、居酒屋のお座敷……あ、今はトイレに籠《こも》ってて……」

居酒屋の名前を伝えながらも、まだ声が震えていた。少し気が落ち着けば声だけじゃなく全身がカタカタと震えていることに気がついた。

『大丈夫、大丈夫』

「うっ……うあぁあぁん」

彼の声が身体の隅々まで行き渡り、私はじんと潤《うるお》うような感覚にまた泣き声を上げてしまった。

『大丈夫。そこから助けてあげるから』

電話の向こうで、ポチがふんわりと笑っているような気がした。

『ちゃんと俺に恋してよ、美優』

次の瞬間、通話は途切れて向こう側からは電子音だけが聞こえてくる。

「え……？」

途切れる間際、ポチが言い残した言葉の意味がわからなくて、私はスマホを見つめたまま茫然《ぼうぜん》としていた。

それから、ほんの十分か十五分かそれくらいだったと思う。他に個室があっても、もうそろそろトイレに閉じ籠《こも》るのも他のお客さんやお店に迷惑だろうか、とか周囲を気遣う余裕も出てきて焦《あせ》っていた頃。

コンコン、とノックの音がして興奮したたまちゃんの声が聞こえた。

「ちょっと、美優！」

「たまちゃん？」

「彼氏が迎えに来たわよ、あんたいつのまに上手いことやったのよぅ！　変なタイミングでトイレ行くから変な心配しちゃったじゃない」

「え……え？」

困惑している間にもうひとつ足音が聞こえて、隔《へだ》てた扉の向こうで人が入れ替わったのがわかった。

「美優さん、来たよ」

電話越しじゃないその声に、私は扉越しに縋《すが》り付く。酷《ひど》い泣き顔でそのまま外に出るわけにもいかず、誰かに聞かれたら、と思うと声も出せなかった。扉を隔《へだ》てて躊躇《ためら》う私に、彼がもう一度呼びかけた。

「大丈夫だから、出ておいで」

――なんとかしてあげるから。

そう言われているような気がして、私はそろりと扉を開ける。わずかな隙間《すきま》から見えたのはなぜかワイシャツにネクタイというポチの姿で、初めて見る格好に瞬《まばた》きをしたらまたはらはらと涙が落ちた。

「な、なんで？」

「はは、酷《ひど》い顔」

質問には答えずに、ポチが私の顔を見て笑った。

そりゃ、酷《ひど》いと思う。躊躇《ためら》いなく泣いて、後のことなんて考えてなかったから。

私が開けた隙間《すきま》を、ポチの手が少し広げた。背の高い彼に塞《ふさ》がれてほとんど見えないけど、少し離れたところにたまちゃんの姿があった。

ポチ、と名前を呼ぶわけにもいかず逡巡《しゅんじゅん》する私の頭に、彼が手にしていたスーツの上着を被《かぶ》せる。

ふわりとまるで真綿で包むかのように優しく頭を抱き寄せて、耳元で囁《ささや》いた。

「瑞樹《みずき》」

「みずき？」

「そう」

白いシャツにしがみつき、初めて知った彼の名前を確かめるように、目を閉じてもう一度呟いた。

「瑞樹……くん」

「美優、助けてあげる。ちゃんと、俺の恋人の顔をして」

「えっ……」

返事も待たずに、彼が私の頭を片腕で抱えたまま外へと促《うなが》す。足が咄嗟《とっさ》に抵抗して後ずさろうとしたけれど、彼はスーツの上着を少し引っ張って私の顔をしっかりと隠すと。

「大丈夫？　美優。抱っこでいこうか？」

なんて言うから、私はとんでもないと小さく首を横に振った。

「だ、大丈夫」

「恋人に遠慮なんてしなくていいのに」

スーツ越しに、彼が私の頭にキスをしたのがはっきりと伝わった。スーツの陰からちらりと様子を窺《うかが》うと、たまちゃんが瑞樹くんのセリフを聞いて顔を真っ赤にしながら、私と彼とを交互に見る。

「荷物はどこ？」

「あ、座敷にまだ。私取ってくる」

私の代わりにたまちゃんがそう答えてくれたけど、彼は「いいえ」と言った。

「取りに行きます。みなさんに、ご挨拶《あいさつ》しないと」

その一言で、彼が私のために敢《あ》えてふたりであの場に戻ろうとしているのはすぐにわかった。みなさんに、ではない。克之さんに『挨拶《あいさつ》』をするつもりだ。

もう今夜は克之さんの顔を見たくないと思っていた私は、無意識にその場で足を踏ん張ってしまう。

「大丈夫、信じて、美優」

私を抱える腕に、ぐっと力が込められた。強く彼のシャツを握りしめ、深呼吸をする。

大丈夫、大丈夫。彼が言うなら、きっと……大丈夫。

私はそろりと、一歩を踏み出した。

通路と座敷とを隔《へだ》てる襖《ふすま》を開けると、ざわ、とその場の空気が変わる。それだけで、心臓がどくどくと痛いほどに鳴り始めた。小声で「誰？」「さあ……」と囁《ささや》き合う声がする。

「綿貫さん？　具合悪いの？」

顔は隠していても、服ですぐにわかったんだろう。同僚がそう声をかけてきて一層その場がざわついた。

「申し訳ありません、彼女がご心配をおかけしました。少々飲みすぎてしまったようで、今夜はこれで失礼させてください」

彼の声は、相変わらず柔《やわ》らかいのに、凛《りん》としてその場に染み渡る。さっき声をかけてくれた同僚が、若干上擦《うわず》った声で応対してくれた。

「嘘、すみません、まったく気づかなかった……綿貫さん、大丈夫？」

「ちょっと、顔見せられないくらい酷《ひど》くて。ちょっと吐いちゃったらしいです。あ、こんな場ですみません」

……そういうことにしておくほうが無難《ぶなん》なのはわかるんだけど。さすがに、嘔吐《おうと》したと思われるのは恥《は》ずかしい。

「美優、荷物どこ？」

私の頭を抱える腕が少し緩んで、彼が甘い表情で私の顔を覗《のぞ》き込む。他の誰にも見えないようにしてくれてるから、余計に至近距離になっていた。

これは、演技だ。そう、わかってるのにうるさいくらいに胸が高鳴り、頬が熱くなる。

「あ、綿貫さんのバッグこれです、あとカーディガンと」

誰かがそう言って私の荷物を彼に手渡してくれた。

「ありがとうございます」と彼が言ったと同時に、また少し歓声が上がる。ああ、きっとあの柔《やわ》らかい笑みを浮かべているんだろうな、と想像がついてしまった。

「それでは」

「綿貫さん」

彼が、その場を切り上げようとした時だった。

名前を呼ばれて、びくんと肩が跳ね上がった。今までずっと黙っていた克之さんが私を呼び、私は咄嗟《とっさ》に目の前の温《ぬく》もりにしがみついた。身体はカタカタと震えるくせに、手のひらはじっとりと汗ばんでくる。

「大丈夫？　悪酔いしたのかな」

白々しい克之さんの言葉に眩暈《めまい》がした。

彼は今、きっと私を責めている。その男は誰だと、私を責めているんだと、感情の読めない冷えた声にそう確信した。

「大丈夫ですよ」

私を抱きしめる腕がまた強くなった。それだけじゃなく、今初めて彼の声が力強く攻撃的な色を現したように聞こえた。

「後は僕が、責任を持ちますので」

強く抱きしめられた状況で、その声がいつも以上に私の心に響いて届く。腕の中で少し見上げると、彼はまっすぐ前を見据えていた。

その先には間違いなく克之さんがいる。

声も出せないまま彼を見上げて、きゅんと苦しいくらいに胸が熱くなった。彼に任せてばかりでは、いけない。私も声を上げなければ。これは私の意思なんだと。

「……瑞樹くん」

少し掠《かす》れた私の声を、彼はちゃんと拾って私の目を見てくれた。

「なに？　美優」

「……帰りたい。もう、連れて帰って」

そう言って、酔ったフリで彼の胸にすり寄った。きっと、上手くできたと思う。だって、演技じゃなく本当にそう思えた。瑞樹くんのいるマンションに帰りたい。

「酔いすぎ」

ふっと笑ったような息の音がした。

「やっぱり歩けないでしょ」

彼はそう言いながら、私の膝の裏に腕を通して抱き上げる。すると途端に、今までで一番大きな歓声が上がる。

今度は私も抵抗しなかった。克之さんのほうは、もう見ない。そのまま彼の胸に頭を預けて目を閉じた。

「それじゃ、失礼します」

そう言って、彼は本当に王子様の如く私をその場から救い出した。暗い闇の底で、絡みつく鎖を断ち切って、私を救い出してくれた。

居酒屋の目の前にはタクシーが一台止まっている。乗り込んでようやく、私はスーツの上着を頭から外した。隣で彼が私を見下ろして苦笑いをして、親指で腫《は》れた瞼《まぶた》を撫《な》でてくれた。

「ポチ……」

「瑞樹だってば」

「ほ、ほんとの名前？」

今まで、絶対名乗る気なんてないと思ってたのに。

見つめる私が余程不安そうな顔をしていたのか、彼が顔を寄せて瞼《まぶた》に唇で触れる。

「俺、黙ってることはたくさんあるけど、嘘はついてないよ、ずっと」

黙ってるけど、嘘はつかない。ならば、と彼に聞いてみたいことが次々出てきそうになって、けれど彼はそれを察したのだろう。

私が口を開く前に、片手を挙げて制止した。

「ストップ、美優さん」

「えっ、な、なんで」

「その前に、ちょっと急いだほうがいいかも。美優さん、元カレのマンションに取りに戻ったほうがいいものとか、ある？」

「あ……、ある。服、とかはどうでもいいけど……」

免許証とか、通帳とか。普段持ち歩かないものをポーチに入れて彼のマンションに置いてきてしまっている。

「すぐに取りに行こう。合鍵はポストにでも放り込んで返しておけばいいよ。あの男が戻る前に」

その声を合図に、お待たせしてしまっていた運転手さんに行き先の住所を告げる。タクシーなら十分くらいで着くはずだ。克之さんは、すぐにはあの場を離れられないだろうけど、二次会には行かずに急いで帰ってくる可能性がある。

スマホの時間を確認すれば、二十時半と表示されている。確かに、急いだほうがよさそうだった。

克之さんのマンションで最低限の荷物だけをまとめて、残りは処分してください、と書き置きだけを残した。克之さんにもらった合鍵で、きちんと鍵を締めて新聞受けに鍵を入れようとして、一瞬だけ躊躇《ためら》った。

迷ったわけじゃない。ただ、これで全部本当に終わりなのだと、自分の手で終わらせるのだと思うと酷《ひど》く感傷的な気分になって、少し怖かった。

そんなわずかな心の揺らぎを、彼はやっぱり敏感に感じ取る。ぴたりと止まったままの私の手に、大きな手が重なった。

いつもレンズを支える、少し筋張った綺麗《きれい》な手。

「怖いの？　迷ってるの？　寂しいの？」

そう問いかけられて、その全部が少しずつ正解だと思った。

「もう、終わりなんだってことには、迷いはないの。でも、彼とまともに話もせずに逃げちゃっていいのかなって」

卑怯《ひきょう》じゃないだろうか。終わることに違いはなくとも、もっとちゃんと向かい合って、別れ話をしたかった。

ずっとそれをしようとして、できなくてここまで来たのだけれど。

「……仕方ないんじゃない？」

そんな私の躊躇《ちゅうちょ》を、彼は否定しなかった。

「美優さん、勢いがないと抜け出せないでしょ。だから今まで、ずっと動けなかったんでしょ、本当はずっと泣きたかったくせに」

「……そんなに、泣きそうな顔してた？」

「時々ね。今も」

彼が、背の低い私に合わせて長身を屈《かが》め、目の高さを同じにしてくれる。彼の瞳に映ってる私は、彼の言う通り少し泣きそうな顔をしていた。

散々泣いた後だっていうのに。

「あいつだよね、さっき男でひとりだけ声かけてきたやつ」

「うん、やっぱりわかった？」

「座敷開けてすぐわかったよ。すげー顔で睨《にら》まれたから」

やっぱり克之さん、怒ってるんだ。あの時の冷ややかな声を思い出して、途端に冷や汗が背筋を伝い、合鍵を握る手にぎゅっと力が籠《こも》った。

「ほらね、もう震えてる。例えば今、あの男と話つけようとして、言い包《くる》められずに抜け出せる自信ある？」

そう問われて、瞬時に無理だと悟《さと》ってしまう。相対するだけで、間違いなく萎縮《いしゅく》してしまうだろう。

「無理だよね。仕方ないよ、だって俺も無理だもん」

てっきり力強い言葉をくれるのかと思ったら、予想外の言葉だった。瑞樹くんは悪びれもせず肩を竦《すく》めて、私は呆気《あっけ》にとられて言葉も出ない。

「だってさ、俺なんかじゃ何の力も及ばない立派な大人だよ、あんな大きな病院の外科医なんて。俺個人の力で太刀打《たちう》ちできるわけないからね。ごめんね、かっこよく俺が守るって言えなくて」

「……ふっ。何それ」

「笑わないでよ、現実問題そうでしょ」

情けなく眉を下げて頭を掻く瑞樹くんに、私はついに堪《こら》え切れずに噴き出してしまった。だけど、瑞樹くんに背後からゆっくりと抱きしめられて、きゅっと表情を引き締める。

重ねたままの手をゆっくりと動かした。握った合鍵を、元ある場所に返すために。

「だから、一緒に逃げちゃおう。大丈夫。今はあいつに敵《かな》わなくても、俺は美優さんと一緒にいるよ」

逃げよう、一緒に。

私はその言葉と同時に、手の中の合鍵を新聞受けの中へと滑《すべ》り落とした。

マンションに戻ってふたりきりになって、最初はそれほど緊張もしなかった。それが急に意識するようになったのは、瑞樹くんがカフェオレを淹《い》れてくれて、ソファに座る私の真横に並んで腰を下ろした時だった。

ぎし、とソファが軋《きし》む。

今までこんなに密着して座ったことはなかったから、妙に緊張してしまう。

「あー、かたっくるしぃ」

その声にちらりと視線を横に走らせたら、彼がネクタイを緩めて溜息をつくところだった。

「どうしたの？」

うっかりその横顔に見とれていたら、彼がこちらを見て首を傾げた。私はその顔から逃げるように、視線をずらして正面を向く。

「や、なんでもない」

「そう？」

「うん」

逸《そ》らした視線のまんまで、淹《い》れてもらったカフェオレを飲みながらさっきからずっと気になってたことを聞いてみた。

「ていうか、なんでスーツなの」

第一、持ってなかったはずだ。まともな着替えすらなかったから、量販店の安物を最低限の枚数買ってあげただけのはずなのに。

それによく見ると、かなり仕立ての良いものだった。

「びっくりさせてごめんね。ちょっと実家に顔出してたから。なんか予感がして早めに切り上げてきて良かったよ、マンションに戻ってすぐに電話が鳴ってさ」

「……えっ？」

その言葉に、驚いて視線を戻す。スーツ姿は確かにかっこいいし意外だ。だけど、そんなことよりも気になったことがある。

「実家……あるの？」

「あるよ、なんで？」

「だって、行くとこないって」

「……勘当《かんどう》されてたから、簡単には戻るわけにはいかなかったんだよ、なんの手土産もなしじゃ」

そう言って、ちょっと不本意そうな表情を浮かべた。彼の言う手土産が、旅行先のお土産品などではないことは、明白だけど。

「じゃあ、なんで急に？」

「たいした理由じゃないよ」

「そんなわけないでしょ？　ただスーツ取りに行ったとか、そんな馬鹿な話じゃないよね？」

やや強引に聞き出そうとしたのだけど。

「美優さんは知らなくていいことだよ」

すっぱりと遮断《しゃだん》されてしまった。

そりゃ……私に言う義理なんかないのかもしれないけど、そうはっきり言われるとさすがに傷ついてしまう。それがどうやら、顔に出てしまったらしい。

「そんな、嫌な意味じゃないよ。心配しないでってこと」

そう言って苦笑いすると、ひょいと私の手からカフェオレのカップを取り上げた。

ポチが、ポチじゃない顔で私の目を覗《のぞ》き込む。今まではただ穏やかで優しい笑顔の印象しかなかったのに、今はそこに何か甘やかなものが感じられる。

間近に迫った彼の顔で視界が塞《ふさ》がれて、カップの行方をテーブルでことりと鳴った音だけで知らされた。

「ちゃんと恋に落ちてくれた？」

まるで、私の奥まで見通そうとするみたい。かっと頬が熱くなって、私は不自然なほど明るい声で答えた。

「落ちた、落ちた！　って、私がわざわざ演技しなくても、ポチが全部王子様みたいに演出してくれたじゃない」

危うく本気で落ちそうだったよ。と、そんな風に言葉を付け足した私は、ズルい。彼の言葉を本気に受け取るにはまだ、勇気が必要だった。

そんな私に彼が苦く笑って、肩に手を添えると身体ごと向き直らせた。

「なんでポチに戻っちゃうの」

「え、だ、だって」

瑞樹くんって呼んだら、もうこれ以上ないくらいに彼を意識してしまいそうで。ポチと呼べば踏ん張っていられそうだから。

そんな私を見透《みす》かしてるのか、彼は私を逃がしてはくれない。私の両肩に彼が両腕を乗せて、首のうしろで手を組んで逃げ場を奪った。

頭の中はぐちゃぐちゃに混乱していた。だってもう窮地《きゅうち》からは逃《のが》れて、演技する必要なんてないのだ。恋人のフリはする必要ない。

……なのに、なんでこんなことするの。

「初めて自分から名乗ったのに。ちゃんと呼んで？」

「……初めて？」

「うん、名乗らなくなってから、自分から名乗ったのは美優さんが初めて」

こつ、と額《ひたい》同士がぶつかった。さらさらの前髪の隙間《すきま》から、綺麗《きれい》な目が私を捉《とら》えて放さない。彼がどうして私にだけ名乗ってくれたのかはわからないけれど、ひとつだけわかることがある。

彼は今、演技でなく私を恋に落とそうとしている。

「ポチじゃない。ちゃんと呼んで」

その真剣なまなざしに耐えられなくなって、強く目を閉じて名前を呼んだ。

「み……瑞樹、くん」

「そう、本條《ほんじょう》瑞樹。呼び捨てでいいよ、美優」

「……瑞樹」

瞬間、ほんの少しだけ、少し乾いた唇が触れ合った。驚く間もなく胸に抱き寄せられて、彼がゆっくりとうしろに倒れてソファの上に寝転がる。

「……言えないことが、多くてごめん」

彼の指が、ゆっくりと髪を梳《す》く。この仕草があんなに好きで安心できたのに、今は心地よさの中に微《かす》かな不安も細くマーブル状に渦を巻く。

「俺に恋して欲しいなんて。傷ついてる貴女に、無理を言ってるのもわかってる」

彼の言葉に嘘はない、そう信じたい、だけど。

柔《やわ》らかく柔《やわ》らかく、浸透《しんとう》する声に目を閉じる。彼はわかってくれてるのだと感じた。信じて報《むく》われないことを知った私が、簡単に次の恋へとは進めないことを。

「時間がかかっても焦《あせ》らせたりしないから。ゆっくり、ゆっくり、俺のとこまで落ちてきて」

ぽろぽろと涙が零れて彼のシャツを濡らした。

何の涙なのか、自分でもわからない。恋の終わりの哀しみと、救い出してくれた彼に抱き寄せられる喜び。寂しさと切なさと安らぎと……その全部が入り混じる。

余りにも散らかった感情で、声に出すことはできなかった。

すぐには一歩踏み出すことができなかった、ただ、それだけで。

……落ちないわけないよ、こんなの。

きっと、彼が思うよりはずっと早く、だけどゆっくりと花びらが舞い落ちるみたいに。

恋に、落ちた。

第六話　優しい恋の始め方

熱いシャワーを頭から被《かぶ》ると、幾分すっきりして気持ちも落ち着いてきた。ぐちゃぐちゃだったメイクも全部落とすと、瞼《まぶた》がパンパンに腫《は》れて一重になった、酷《ひど》い顔の自分が鏡に映っている。

さっきよりは随分《ずいぶん》マシだけれど。顔を洗う前の状態で鏡を見た途端、思わず悲鳴を上げてしまった。

あんな顔を瑞樹に晒《さら》していたのかと思うと……まあ、取り繕《つくろ》ったところで彼の造形には到底敵《かな》わないのだけど。

コックを捻《ひね》ってシャワーを止めると、ひとつ溜息をつく。浴室を出た後のことを思うと、やはり少し申し訳なく思ってしまう。

瑞樹の胸で気が済むまで泣かせてもらって私の涙が収まった頃、シャワーを勧められて私の肩はわかりやすいほど大袈裟《おおげさ》に、びくりと跳ねた。途端、瑞樹は噴き出して私を抱えたまま身体を揺らして笑って言った。

『あのね、俺そんな鬼畜《きちく》じゃないから。いきなり変なことしない。俺はソファで寝るよ』

どうやら今まで彼はずっとソファで眠っていたらしく、今夜もそのつもりらしい。正直、すごくほっとした。いくらなんでも、まだそんな気にはなれないから。

浴室を出て、すぐだった。言い争う声に、バスタオルに伸ばした手が震え始める。玄関のほうから、声の主は考えるまでもなくすぐにわかった。

「ガキが生意気を言うなよ。今すぐここから出ていけ」

初めて聞く、ドスを利かせたような低い克之さんの声に、身体の底から震え上がりそうだった。

克之さんのマンションから逃げてしまえば、彼がまずここを探しに来るだろうということは予想できた。

探しに来るならば、だ。プライドの高い彼が、他の男と一緒にいる私を、探しに来るかどうかは……正直わからなかった。ただ、こんなにも早いのは予想外だった。

「今すぐ帰るのは、そちらのほうでしょう。それに、騒ぎになって困るのはあなたじゃないですか？」

瑞樹の声は力強く驚くほど冷静で、少しも怯《ひる》む様子はない。私には『立派な大人の彼には俺も敵《かな》わない』って話していたくせに、一歩も退く様子はなかった。

「何を」

「立場ある人間が、こんな遅い時間に女性の家に押しかけて、近隣への迷惑も考えず扉を何度も何度も叩いて。しかも婚約者のある身で？　ああ、お酒も結構飲んでらっしゃいますね。近隣の方が通報して警察沙汰にでもなったら失うものが多そうなのは先生のほうでは？」

言葉に詰まったのだろう、しばらくの無言が続いた。私はカーテンを少しだけ押して隙間《すきま》を作る。

玄関に立ちはだかる瑞樹の広い背中に涙が出そうになった。

しっかり、しっかりしなくちゃ。

震える手で身支度を整えていると、今度は少し優しい声で私の名前を呼ぶのが聞こえた。

「美優、いるんだろ。頼むから出てきてくれ」

「しつこいな。美優さんはもうあなたとは会わないよ」

「無関係な人間が口を出すな。これは俺と美優の問題だ、美優が俺の声を無視するわけないだろう。美優、頼む。せめて話くらいさせてくれ」

たくさんの甘言《かんげん》を私の耳元で囁《ささや》いたその声が、今は恐ろしくて仕方なかった。自分の足で克之さんの部屋から出て、自分の意思で終わらせたからこそ、一歩下がった位置で自分達のことを見通せているのかもしれない。

なぜ、私に会いに来られるんだろう。克之さんの声に私が応じると、なぜそんなに自信を持って言えるんだろう。やっぱり彼は、どこかおかしい。

『一緒に逃げちゃおう。大丈夫。俺は美優さんと一緒にいるよ』

瑞樹が背中を押してくれた言葉を、思い出して深呼吸した。克之さんの前に出る勇気は、まだない。だけど、私は脱衣所と廊下を隔《へだ》てるアコーディオンカーテン越しに、震える声を絞り出した。

「帰って、克之さん」

「美優！」

「待てってて！」

カーテンの向こうで争うような音がして、驚いて後ずさりしそうになったけれど、上がり込もうとした克之さんを瑞樹が押さえたんだろうとすぐに気がついた。

「け、警察呼ぶから！」

私の声に、物音がぴたりと止まる。

「克之さんも、わかってるはずでしょ。終わりだよ」

「美優」

「もう、終わり。終わりにする」

繰り返し私の名前を呼ぶばかりの克之さんが、少しだけ嬉しかった。こんな終わり方しかできない、人に言えない関係でも、ちょっとは気持ちがあったのだと思えたから。

誰も声を発しなくなった静寂《せいじゃく》の中で、微《かす》かに響いた靴音が離れていく。玄関の扉が閉まり、鍵がかけられる音がして、すぐ。

「美優……大丈夫？」

へたり込んでいた私は、その声にカーテンを少し押し開けた。

「……ちょっと、腰ぬけた」

何かに逆らうというのは、こんなにも勇気がいるんだと身をもって知った気がする。

「俺も」

彼がしゃがみ込んで、私の手を取った。

「怖かったね」

そういう割に、何でもないことのように笑って、呑気《のんき》な声に聞こえる。私を安心させるために、そういう風に装《よそお》ってくれているのかもしれない。

「……男の子だね、瑞樹は」

「何それ。馬鹿にした？」

「してないよ、すごく頼もしかった」

「……言ったでしょ、あんな大人、そう簡単に太刀打《たちう》ちできないって。虚勢《きょせい》張るくらいしかできなかったけど、美優が加勢してくれて助かった」

私より少し高いくらいの位置までしゃがんでくれた彼の首筋に、しがみつく。私の身体はまだ震えていて、きっと彼にも伝わっただろう。強く抱きしめ返してくれる腕が、心強かった。


結局その日、私達は、狭いシングルベッドでただ抱き合って眠った。彼は抱きしめるだけで何も求めなかったし、私もただ布越しの体温を感じるだけで、お互いに安心を与え合う。

こんなにもぐっすりと眠れたのは、いつぶりだっただろう。少し肩を揺らされて目が覚めて、まず感じたのは瞼《まぶた》の違和感だった。

重い……異様に腫《は》れぼったい。

そしてなんだか、瞼《まぶた》の縁が痒《かゆ》い。

寝ぼけながら指で目を擦《こす》ったら、その手を誰かに掴《つか》まえられた。

「美優、そんなに擦ったら痛くなるよ」

その声に、急速に頭が覚醒《かくせい》する。何度か瞬《まばた》きを繰り返すと、ぼやけた視界が徐々にクリアになって目の前に芸術的に整った顔が見えた。

「ぽ、ぽち」

なんでポチが一緒に寝てるの？

頭が混乱して、身体が硬直するけれど。

「ポチじゃないって」

そう苦笑いをしながら瞼《まぶた》に軽くキスをされて、ようやく昨日の夜の出来事が思い出された。

そうだ……なんだかすごく、激動した一日だった。思い出したら力が抜けて、少し起き上がらせていた頭をまた枕に戻した。

「起こしてごめん。もしかして今日仕事かな、と思って声かけたんだけど……」

「大丈夫、今日はお休み」

そう言うと、「良かった」と言って彼が頬を緩めた。

「ぐっすり眠れたみたい……すごく身体がすっきりしてる」

「俺も」

「でもちょっと狭いね」

「狭いくらいがちょうどいいよ」

他愛ない寝起きの会話をして、笑い合って。随分《ずいぶん》幸せな朝だと目を細めて瑞樹の顔を見ていたら、やんわりと抱きしめられた。

「良かった、昨日の今日で仕事に行かせるの嫌だった」

「明日は行かないといけないけどね。大丈夫だよ、きっと」

瑞樹が何の心配をしているのかはわかるけど、かといって仕事を辞めるわけにもいかない。様子を見ながら、克之さんとあまり出会わないよう気をつける他はないと思う。

「送り迎えはするよ」

「いいよ、そんなの。ちょっとの距離なのに」

「だめ、そうさせて」

そう言った瑞樹の顔は真剣で、渋々頷くとほっとしたように笑ってくれた。ふたりで一緒にキッチンに立って朝ごはんを作り……といっても私はお皿並べたりお箸《はし》出したりしただけだけど。

テーブルに並んだ朝ごはんは和食中心で、近頃食欲のなかった私でも見た途端にお腹が鳴った。出汁《だし》巻きなんか少しの焦げ目もなくテカテカ光った黄色だし、添えられた大根おろしと、ほうれん草のお浸《ひた》しで彩《いろど》りも綺麗《きれい》で、朝からまさかのおかわりまでしてしまった。

「……お腹いっぱいで苦しい」

「美優、このひと月でちょっと痩せすぎだよ。しっかり食べてもうちょっと肉つけないと」

「はあい」

やっぱりポチから瑞樹になっても、彼の『お母さん』要素はそのままだ。こんな充実した休日の朝を迎えて良いのだろうか。

食後の珈琲《コーヒー》を瑞樹に淹《い》れてもらって……っていうか、してもらってばかりで自分で動かなければと思うのだけど、何をとっても瑞樹のほうが手際がいい。女としてこれでいいんだろうか、と少々危機感を抱いてしまう。

社会に出て六年、ずっと仕事に追われて時間も不規則だし、段々と家事らしい家事はしなくなった。まめにしてるのは洗濯くらいだ。

しかし……これから一緒に住むのなら……

そこまで考えて、ふと不安になった。今までは、瑞樹に仕事を見つけてもらってここから早く出て行ってもらわなければと、そればかり思ってきたけど。

……このまま、私達は一緒に住むってことでいいのかな。

つい昨日、私は彼の手を借りてやっと克之さんと別れられたところだ。元から克之さんとは破綻《はたん》しかけていたとはいえ、傍《はた》から見れば不誠実には違いない。

瑞樹の存在に支えられている自覚のある私は、いい。けれど、瑞樹はこんな私で本当にいいのだろうか。

――時間がかかっても焦《あせ》らせたりしないから。ゆっくり、ゆっくり、俺のとこまで落ちてきて。

私をあの場から助け出し、そんな言葉までくれた彼は、私が流されるままに好きになってもいいと言っているような気がした。

だからこそ、ちゃんと自分の気持ちに整理をつけてから伝えたい。焦《あせ》らずに、彼が待っていてくれるというのなら。

珈琲《コーヒー》カップに口を付けて、ちらりと視線を前に向ける。すると、同じように珈琲《コーヒー》を飲む瑞樹と目が合った。

「美優。今日、デートしようか」

「デート？」

「うん」

ふわりと優しい笑顔に、私の心も、ふんわりと羽根のように軽くなる。瑞樹の微笑みと声は、まるで魔法のようだと思う。

少し考えて、頷いた。

「うん、行く」

今はただ、彼がかけてくれる魔法にかかっていたいと思った。


いつもスーパーに行く道のりを、今日はそのまま通過して駅に向かう。電車に乗って、前にふたりで映画を見た時と同じ駅で降りた。

瑞樹と歩くと、いつも視線が集まるから、私は優越感もあるけどなにより恥《は》ずかしい。近所のスーパーへは何度も出かけたし、こうして人通りの多い道を歩くのも二回目だ。

女性は特にうっとりした目で彼を見た後、軽く私を一瞥《いちべつ》する。いい加減慣れたけれど、気分の良いものではない。

「美優？」

徐々に歩幅を狭めて、少し彼との間に距離を作ろうとしたら、すぐに気づいた瑞樹が不思議そうに首を傾げた。

「何？」

「どうしたの？　疲れた？」

いやいや。疲れたも何も、まだちょっとしか歩いてない。人の目に疲れた、という意味ならそうかもしれないけれど。

「どこか座ってお茶でもする？」

言いながら、彼が私に手を差し伸べる。私がじっと、その手に手を重ねることを迷っていたら。

「手、繋ぎたいんだけど。恥《は》ずかしい？」と、微笑んだ。

彼は本当に、いろんなことに敏感で誰よりもひたすら優しい。

「いいよ、繋いでも」

仕方ないなあ、という風を装《よそお》って右手を差し出す。途端に彼が笑ったからつい引っ込めてしまいそうになって、迎えにきた瑞樹の左手に捕まった。

「……何笑ってんの」

「あはは。美優が可愛いなあって」

「うるさい」

「なんで怒るの」

彼は人の感情に反応するセンサーかアンテナを頭につけてるのだろうか。卑屈《ひくつ》になった私に気づいて、こうしてくれたのだとわかる。今だけでなく常日頃から、彼は敏感だし、さりげなくフォローしてくれる。

それは、今の私にはとてもありがたかった。人に自分の感情を気遣ってもらえることが嬉しい。疲弊《ひへい》した心を、宥《なだ》めて、甘やかして、癒《いや》してくれる。

失恋の痛手を癒《いや》す。

ただそれだけのための恋なら、これは酷《ひど》く贅沢《ぜいたく》だ。

彼はどういうつもりなのだろう……？

ふと不安が頭を掠《かす》めた。

——ずっと一緒にいてくれるのだろうか。他に住む場所が見つかっても、仕事が見つかっても。

「美優、何が見たいの？」

声をかけられて、慌てて不安を振り払う。

「服をね。向こうのマンションにかなり置き去りにしちゃったから……買い物がしたくて」

「そっか。じゃあ、足りないもの全部今日買ってこうよ」

「えっ？　いいよ、何も慌てて買わなくても……」

「でも俺来週から仕事行くから、一緒に行けること少なくなるかもしれないし」

「えっ？」

驚いて思わず足を止めてしまい、繋いだ手に引っ張られて彼も一歩前で振り向いた。

「仕事決まったの？」

「うん、昨日。言うの遅くなってごめん」

ああ、そうか。昨日はそれどころじゃなかったから。きっと、私に報告しようとしてくれていたに違いない。なのに、私があんな状態で彼に助けを求めたから、言うタイミングを逃したままだったんだろう。

嬉しくて、立ち止まっていた足を弾《はず》ませるようにして彼に追いついた。ふたたび横に並んで歩き出す。

「おめでとう！　良かったね！　なんの仕事なの？」

「ありがと。……会社だよ、普通の」

「何よ、普通って」

彼の仕事が決まったことも、もちろん純粋に嬉しい。だけど、この状況でその情報が聞けたことも嬉しかった。

仕事が決まっても、彼は私の傍にいてくれる、そのつもりでいるということだから。

「普通だよ、でも平日の昼間がずっと仕事になっちゃうから……それが心配で」

「心配？　何の？」

「送り迎えはできるだけするけど……美優のごはんとか」

きゅ、と繋いだ手が強くなって、瑞樹が心配そうな溜息をひとつ吐く。

「いつも出来立て食べさせてあげたいのに、そうもいかない日もあるだろうな。それに夜勤明けの日は迎えに行けない」

その言葉に、呆気《あっけ》にとられて横顔を見つめた。まさか、食事の心配をされてるとは思わなかったから。

呆《ほう》けた私の視線に気づいて、瑞樹が少し慌てた表情を見せた。

「あ、ごめん。勝手に一緒に住むつもりでそんな心配ばっかりしてた」

「え？　あ、うん」

「図々しいよね、ごめん。ちゃんと……」

「や、待って、待って！」

ちゃんと……出て行くから。そう言われるような気がして、咄嗟《とっさ》にストップをかけてしまった。

「何？」

「あ……」

ストップさせたものの、言葉が続かなくてまた道端に立ち止まったまま見つめ合う。ちらりと周囲を見渡した彼が、私の手を引っ張って道の端へと誘導した。

私の背後を、通行人がちらちらとこちらに視線を向けながら通り過ぎていく。

「ちゃんと聞かなきゃいけなかったね。一緒に住みたいけど、嫌だったら……」

「嫌じゃないよ！」

話を戻した彼に、勢いでそう言って見上げると、瑞樹は余裕の顔で微笑んでいた。

まるで、私の反応なんて全部わかっていたみたいな表情に見えて、私はまたぽかんとしてしまう。

「もし嫌って言われたら、隣の部屋でも借りようかなと思ってた」

そう言って、私の耳の上あたりの髪を撫《な》でる。そういえば、うちの右隣は空き部屋になっていた。

「約束したでしょ、一緒にいるよって。俺は嘘つかないから、もっと安心してて」

その一言に、すうっと身体の力が抜けるような、軽くなるような感覚を覚える。彼には全部、私の不安も期待も筒抜けなのだ。

丸裸にされたみたいないたたまれなさと、言わなくても理解してくれる絶対的な安心感が同時に生まれる。

彼は、私の『心』を守ろうとしてくれている。思えば、ずっとそうだった。克之さんとのことで疲弊《ひへい》していく私に、気づいてくれたのは他の誰でもない、彼だった。

そうして、確かに救われた。物理的にも、精神的にも。

「行こ？　服買うんでしょ」

「……うん」

歩き出して、繋いだ手の二の腕に頭をすり寄せると、応《こた》えるように絡まった指が私の手の甲を撫《な》でた。

すき……だなあ。

こんなに穏やかな気持ちで誰かの隣にいるのは久しぶりだった。今度の恋はちゃんと、嘘のない「すき」をお互いに言葉にできる関係を築きたい。疑心暗鬼《ぎしんあんき》に囚《とら》われてばかりの自分にはもう、なりたくなかった。

隣を歩く横顔を見上げる。出会った雨の夜から、ずっとこの横顔に惹《ひ》かれているのだと、今はもう自覚している。

思えばあの夜、彼の横顔が脳裏《のうり》に焼き付いてから、ずっとだ。惹《ひ》かれてはいけないのだと敢《あ》えて距離を置こうとしても無駄だった。端正で綺麗《きれい》だから、だけではない。彼の持つどこか澄んだ透明な空気のようなものに惹《ひ》かれた。

あの日あの夜、巡り会ったことが奇跡のように感じる。一緒に逃げよう、と笑ってくれた彼の気持ちに応《こた》えたい。もっと強くならなければと思った。

翌日、言っていた通りに彼は病院の入り口まで送ってくれた。

「じゃあ、終わったら電話して。上がり時刻には、一応ここには来てるようにするけど」

彼はそう言って、昨日契約したばかりの真新しいスマホを顔の横あたりでかざして見せる。

「うん、ありがと」

「気をつけて」

まだ少し心配そうな彼に大丈夫だから、と笑ってみせて院内に入るとすぐ、にやにや笑うたまちゃんに捕まった。

「さて説明してもらおうじゃないの。朝から仲良しなことで」

さっきのやり取りを見られていたらしい。おはようの挨拶《あいさつ》も何もなく、開口一番その話題で私は苦笑いしながら更衣室への通路を歩く。

「あはは……うん。話せば色々と、長いんだけど……」

「彼が例の拾いものでしょ？　いつ恋人になったのよ！　ちゃんと話してよね、もう」

「あー……いつ、っていうか」

「うんうん？」

興味津々に目が輝いてるのがわかって、かといって簡単に説明できるようなことでもなく、私は視線を泳がせる。話したくないわけではない。もうこれ以上たまちゃんに黙っていて心配かけるのも嫌だし、なにより私も誰かに聞いて欲しかった。

「……しかし、何から話せばいいのやら」

「は？　ちょっと……大丈夫なの？　どういうことになってんのよ」

私の言葉に、たまちゃんは途端に眉をひそめて怖い顔になった。

「大丈夫よ、うん。ただ、説明しようと思うとちょっと色々と複雑で……」

結局今説明しようとすれば居酒屋での話になって、私と克之さんの話もしなければいけなくなる。

仕事が終わってからゆっくり話すと約束して、更衣室で制服に着替え病棟へと急いだ。病棟に着いたら着いたで、にやにやしながら近づいてきた同僚に囲まれる。

「ちょっと綿貫さん！」

「何あれ、いつのまに彼氏いたの？」

「え、何々？」

朝礼、引き継ぎの時間までの数分、居酒屋にいた顔ぶれの他にその場にいなかった人まで寄り集まり。

「綿貫さんの彼氏、すっごくかっこいいのよ！」

そのフレーズから始まり、後は朝礼の始まる時刻に師長に注意されるまで、居酒屋での一部始終を話題にされて気恥《きは》ずかしいことこの上ない。

ひとつ、わかったことがある。あの時、たまちゃんに荷物を頼まずにふたりで顔を出したのは克之さんに瑞樹の存在を見せつけることで、私のプライドを守ろうとしてくれたのだと思った。だけどきっと、それだけじゃなかったんだ。

こうやって周囲に知られることで、私が少しでも迷うことなく前を向くように、戻り道も塞《ふさ》いでくれたんじゃないだろうか。

いろんなことを見透《みす》かす彼だから、ありえないことじゃない。瑞樹と一緒にいたい、今ははっきりとそう言える私には、戻り道なんてもう目に入らないけれど。

先回りして手を打たれたような感覚は、決して嫌なものではなかった。おかげで、その後克之さんの婚約者のおめでたの話題が出た時も、平静でいられたのだと思う。

ただ、克之さんの姿を見かけるたび、足は竦《すく》む。


「あー、仕事上がりのビールって美味《うま》い！」

一息に飲み干して、たまちゃんが少し乱暴にグラスを置いた。

「店員さーん、ビール追加お願いしまーす」

そんなセリフが飛び出たけれど、ここは私のマンションのリビングだ。

「たまちゃんってば、もうっ」

「お待たせしました」

そして、たまちゃんの声に応《こた》えてキッチンから缶ビールを持って出てきたのも、もちろん店員ではない。とびきりの営業スマイルを浮かべる瑞樹である。

仕事上がりにたまちゃんと飲みに行くから、と連絡を入れたのだけど、それなら家飲みにしたら、と瑞樹のほうから提案してくれた。

テーブルには、彼が用意してくれていた酒の肴《さかな》が和洋折衷《わようせっちゅう》ずらりと並ぶ。

「めっちゃいいわ。こんな奇跡のイケメンにビール注いでもらえるなら、これから居酒屋行かないでここに来るわ」

「美優のお友達ならいつでも大歓迎ですよ」

そう言った彼の顔は、いつも以上に王子様スマイルだ。絶対ホストいけるよね、と確信してしまった瞬間だ。

「美優は？」

「私はいい、明日に響く。ざるのたまちゃんにまともに付き合ってられないよ」

「そう？　じゃあ、冷製茶碗蒸《ちゃわんむ》し、もう少しでできるから待っててね」

「ごめんね、ありがと」

そう言うと、ぽんと一度私の頭に手を置いて、キッチンへと戻っていく。その背中を頬杖をついて見送っていると、くすくすとたまちゃんの笑い声が聞こえた。

「いいじゃない、瑞樹くん。あれなら仕事なんかしなくても家にいてもらって家事任せるのもありじゃない？　宮下先生なんかよりずっといいって」

たまちゃんには、マンションまでの道すがら克之さんとの成り行きと、瑞樹とのことを話した。先生には幻滅《げんめつ》した、と目を吊り上げて怒ってくれたけど、私も怒られた。なんでもっと早く相談しなかったんだ、と。

「料理の腕前もいいし外面《そとづら》もいいし、主夫向きなのよきっと。いいじゃない美優が働いてるんだから」

「外面《そとづら》って……褒《ほ》め言葉じゃなくない？　あ、来週から仕事するんだって」

「へえ、何の仕事？」

「それが……聞いたんだけど、教えてくれなくて」

あれから、どんな仕事に決まったのかと何度か瑞樹に尋ねた。けれど、普通の会社だよと言うばかりで、はっきりとは教えてくれないのだ。

「え……何それ、まさか夜？」

「ううん、昼間だって。なんで教えてくれないのかはよくわかんない」

「ちょっと頼りないこと言ってないで、きっちり聞きなよ。大事なことだよそれ」

それは、当然私もわかってるんだけど。瑞樹って結構マイペースというか、こうと決めたら動きそうにないとこもあるし、なにより。

「なんか、話したがらないのを無理に聞くのもなって……思っちゃって」

話したくないのには何か理由があるんだろうなって……そう思うと、聞くのも悪い気がするしちゃんと言ってくれるまで待とうかな、とも思う。

そりゃ、まったく不安がないと言えば嘘になってしまうけど、彼はこうも言ったのだ。

『黙ってることはたくさんあるけど、嘘はつかないよ』

『言えないことが、多くてごめん』と。

それは、きっと何か事情を抱えてるんじゃないか。

だけど、そういう私をたまちゃんはばっさり一刀両断した。

「あんたのそういう性格が宮下先生の行動を助長したんじゃないの？」

「うっ……」

そう言われると、ぐうの音《ね》も出ない。

「あんまり苛《いじ》めないでくださいよ。やっと一歩踏み出したとこなのに」

いつのまにか、瑞樹がトレーを持ってすぐ傍に立っていた。私とたまちゃんそれぞれの前に茶碗《ちゃわん》蒸《む》しを置いて、私の横の席にもうひとつ。瑞樹の分だ。

「別に苛《いじ》めてないわよ。聞いてたの？」

「聞いてたっていうか全部筒抜けですよね、キッチンすぐそこなのに」

呆《あき》れたように笑う瑞樹の様子には、気を悪くしたような感じは見受けられなくて、少し安心した。

誰に対しても関係なく直球なのはたまちゃんの良いところでもあり、悪いところでもあるけど。

「で、何の仕事なの。社名は？　勤務地は？　大きい会社？」

直球すぎて、絶句してしまう。

「美優に言わないのになんで貴女に言うと思うんですか」

「言えないような仕事なの？」

「言いたくない仕事と環境なんです」

終始笑顔だけど、頑《がん》として喋ろうとしない瑞樹に、私は「ほらね」とたまちゃんに向かって肩を竦《すく》めた。

たまちゃんが瑞樹に何かを言い返そうとしてから、私を見る。目が合って私に向かっても何か言いたげにしたけれど、結局天井を見て肩の力を抜いた。

「まあ、私がとやかく言うことではないんだけど……美優ってしっかりしてそうなの見かけだけだから」

いきなり矛先《ほこさき》が私に向いて、うっかり咳き込みそうになった。

「そんなことないよ？　これでもちゃんと考えてるし」

「いやいや、あんた押しに弱いよ、絶対」

「それはなんとなく察してました」

「ちょっ……」

瑞樹にまでそんな風に思われてたなんて。ショックを受け、瑞樹の横顔を軽く睨《にら》むと、流し目で微笑みが返ってくる。更には。

「俺は強引に押したりはしないから。美優が自分から落ちてくるの、ずっと待ってるよ」

艶《つや》っぽい表情でそう言われて、声が出せないままで固まった。顔に熱が集まって、耳まで赤くなってるのが自分でもわかる。

そんな私を見て、彼の表情が今度は苦笑いに変わった。

「泣くのは我慢強いくせに、照れたり怒ったりはすぐ顔に出るよね」

「……照れるようなこと言うからでしょ？」

「はは、耳熱い」

言いながら私の耳の縁を触ろうとする。あまりの恥《は》ずかしさに、その手を押しのけた。

「もう、やめてって、たまちゃん見てるのに」

「あ、私のことはお気遣いなく。恋愛映画見てるつもりで見学してるから」

たまちゃんが向かい側で、ビール片手にテレビでも見ているような表情で私達を見学していた。

たまちゃんは散々飲んだにもかかわらず少しも顔色を変えず、けろっとした顔で帰っていった。

私はお風呂を済ませて、彼がお風呂から上がるのを落ち着きなく待っている。

ベッドの縁に座って気恥《きは》ずかしさを紛らわすためスマホを弄《いじ》っていると、メッセージを受信した。

『瑞樹くん、いいと思うよ。面白い』

『そうかな？　ありがと』

すぐさま返信すると、またすぐに返事があってそれから会話をするようなテンポでレスが続く。

『胡散臭《うさんくさ》いと思うのは変わんないけど』

『否定できない（泣）でも、悪い人じゃないよ』

『ま、騙《だま》されてもあれなら納得できる。いい夢見たなって思えばいいよ（笑）』

『ちょっと（笑）』

返事にお姫様が高笑いするようなスタンプが送られてきて、私もスタンプを返そうかと探していたら、続けてたまちゃんからのメッセージを受信した。

『これからはちゃんと相談してよ』

スマホを操作する指が止まって、じっとそのメッセージを見つめていると、目頭が熱くなってうっかり涙が零れそうになった。

なんだか、一度泣いてから涙腺《るいせん》が緩くなった気がする。迷っていたスタンプはやめて、『ありがとう』と言葉で返した。

その時少し控えめの音で、寝室の扉が開いた。顔を上げると部屋着姿の瑞樹がいて、軽く目を瞬《しばた》かせて私を見る。

「もう寝たかと思ってた」

「あ……うん。ちょっと寝つけなくてたまちゃんとメッセージで話してた」

「なんて？」

「見る？」

近づいてきた彼にトーク画面が開いたままの画面を見せると、一瞬で流し読んで苦笑いをした。

「そこは否定してよ」

「あはは。だって……ねえ？」

胡散臭《うさんくさ》い、と思われても仕方ないのは、当然瑞樹も承知のはずだ。敢《あ》えて、話せないことがある、と彼は嘘をつく代わりに私にそう言ったのだから。

　ふと彼から笑顔が消えて、私の隣に並んで座った。

「瑞樹？」

「うん……」

　それきり止まった彼の唇を、横から見ていて。彼が何かを言おうとして、迷っているのがわかった。

「いいよ？　言わなくて。今は、言えないんでしょ？」

　彼は少し驚いた顔をした後、呆《あき》れたように笑う。

「美優はやっぱり危なっかしいよね」

　信じることを美徳みたいに感じて、迷って迷って、結局私と克之さんは醜《みにく》い別れ方になってしまった。だけど、馬鹿だったとしても、信じようとしていた自分は嫌いにならなくていいと思った。

　ただ、それが報《むく》われない時もある、そういうことを知っただけだ。

　瑞樹と私、互いに言葉もなく見つめ合っていると、彼の指が頭に触れて髪を撫《な》で下りて、それが心地よくてつい目を細めた。

「もう寝たほうがいいよ、明日も仕事でしょ」

　その心地よさを、手離したくなかった。「おやすみ」と言って立ち上がろうとするその手を、咄《とっ》嗟《さ》に掴《つか》んで引き留める。

「どうしたの？」

「あー……えっと……一緒に、寝ないの？」

しまった、と思ってももう遅い。私は迷った挙句言い訳も見つからなくて、正直に言ってしまった。

昨日も一昨日《おととい》も、一緒に寝ていたから、つい甘えが出てしまったのだ。身体の関係を望むとか、そういうことではなかった。一緒に眠る、ただその安心感を与えてくれることが、今の私には心地よい。それが、都合の良いわがままだということも、理解はしているけれど。

手を握ったまま見上げると、彼はぐっと言葉に詰まったように喉《のど》を鳴らして目を逸《そ》らす。

少し、頬が赤かった。

「……結構、生殺しなんだけどね」

そう言いながらも、彼は立ち上がりかけていた腰を下ろして、私を抱えて倒れ込んだ。

「わっ」

一瞬だけ目を閉じて、また開くと彼の喉仏があり額《ひたい》に顎《あご》がこつんと当たる。自分の腕を枕にして横向きに寝転がる彼に、抱きしめられていた。

「狭くない？」

「それがいいの」

瑞樹の背中に手を回して、目を閉じた。肌の匂いと温《ぬく》もりと、息遣い。それらに感覚を傾けていたら、すぐに睡魔が押し寄せてくる。

こんな風に体温をもらわないと、安眠できなくなってしまっている。

「……ごめんね」

「何が？」

「甘えるばっかりで」

甘えるばっかりで、まだ、先へ進むのは怖い。瑞樹への気持ちを自覚していても、まだ一歩踏み出すには恐怖がどうしても付きまとう。

「焦《あせ》らなくていい。ずっと待ってるって言ったよ」

とんと額《ひたい》を指で叩かれた。

「傷ついた直後で、一歩前進するのは誰だって難しい。今は、心を平常に戻すこと。あと……」

「あと、何？」

「体重も戻そう」

「あはは」

「笑いごとじゃないよ、みるみる痩せてくの見てどれだけ心配したかわかってないね」

瑞樹の唇が、額《ひたい》に触れる。

ふ……と長く触れた吐息が、少し熱い。その熱に、私が応《こた》えられるようになるまで瑞樹は、ずっと待っててくれる。

「……ありがとう」

額《ひたい》に触れたままの唇が、微笑んだような気がした。ゆっくりと私の髪を撫《な》でながら、少し掠《かす》れた声で「おやすみ」と言うのが聞こえ、私は目を閉じる。

すぐにうつらうつらと微睡《まどろ》み始めて、心地よさを求めて身体はまた温《ぬく》もりに縋《すが》り付く。意識が途切れる直前に、声が届いて少しだけ眠りから呼び戻された。

「ごめんね」

謝らないで、意味がわからなくてもなんだか悲しくなる。そう言おうとしたけど声にはならなくて、私はすぐに熟睡してしまった。

第七話　壊れる残像

克之さんからはあれから特に接触はなく、マンションに押しかけてくることもない。最初の一日はスマホに着信があったりメッセージが入ったりしていたけど、相手にしなければそれ以上はかけてもこなかった。

考えてみれば元から忙しい人だし、いつまでも私に構う時間もないはずだ。ましてや婚約者は妊娠中なのだから、すぐに私のことなどどうでもよくなる。

もう、なったのかもしれない。そう考えて、少し安心し始めていた時だった。

外科病棟と内科病棟は同じ棟の階違いにある。仕事を終えて更衣室に向かう途中、職員しか使わない薄暗い階段のすぐ傍で、上の外科フロアから下りて来た克之さんとばったりと出くわしてしまった。

少しぼんやりとしていた克之さんの目が、明確に私を捉《とら》えて光を宿す。しまった、と思い踵《きびす》を返した時には、もう遅かった。

「美優！」

「やっ！」

二の腕を引っ張られて、近くの扉が開く音がする。その扉は知ってる。シーツのスペアが置いてあるリネン室で、今日は交換する曜日じゃないからそうそう人が来ることはない。

蒸し暑くて薄暗いリネン室は、元々六畳ほどしかない場所に棚が両側に並べられ、奥には棚に入りきらないシーツが積み上げられている。扉側を克之さんに塞《ふさ》がれてしまえばどこにも逃げ場はなかった。

「何してるの……こんなとこ見られたら、困るの克之さんだよ」

「誰もいなかったし、誰も来ない」

言い終わるよりも早く、腕の中に抱きしめられていた。

「ちょっと、やめて……！」

「逃げるな、美優」

暴れる私を強い力で押さえつけて、だけどそれ以上乱暴なことはしなかった。強引だけど、優しい。そんなところが好きだった。

いつからだろう。いつから、克之さんはおかしくなったんだろう。

「俺が悪いんだ、わかってる」

ごめん、と耳元で囁《ささや》いたその声に、憤《いきどお》りとも悲しみとも判断つかない感情がこみ上げた。

「謝るのは、私にじゃない。奥さんになる人に、でしょ」

「俺が好きなのは美優だけだ」

「だったらなんでっ……」

「院長の孫娘だぞ、見合いを断ったら、この先この病院での出世は見込めない。だけど受ければ最短で本部長の椅子を約束される。もちろんその先も」

その言葉に、やっぱり、と唇を噛んだ。彼が出世を、立場を望んでたことは察することはできた。

だけど、そんなものに私達は阻《はば》まれた。阻《はば》まれる程度のものだったということだ。

「私は信じたいと思った。この婚約も何か理由があるんだと信じたかった」

「美優」

「理由はあった。でも、問題なのはそこじゃないよ、克之さん」

きつく抱きしめる腕が、なお一層強くなった。私がこれから話す言葉が、彼を否定するものだと、きっとわかっているからだ。

「奥さんになる人には、克之さんの子供がいるんでしょ」

ずっと、この人と対峙《たいじ》するのが怖かった。自信がなかった。

「あなたの言葉を信じてたのは、すべてが思い違いや誤解かもしれないっていう都合の良い理由だった。奥さんも私も手放さないなんて、そんな言葉を聞きたかったんじゃない」

こんなにもはっきりと言い返せたのはきっと、今もずっと頭に響いて私を後押ししてくれる声があるからだ。

密着する克之さんの身体を押し返すように、ふたりの胸の間で力を失っていた両腕に力を込める。

『一緒に逃げちゃおう。大丈夫……今はあいつに敵《かな》わなくても、俺は美優さんと一緒にいるよ』

瑞樹のところに私は帰りたい。だけど、私よりもずっと強い力で両手首を掴《つか》まれた。腕力でなんか敵《かな》うわけもなく、すぐに壁に押し付けられて動きを封じられる。

「頼むよ……」

「放してください」

「頼む、行くなよ」

強い力とは裏腹に、懇願《こんがん》する目と声は縋《すが》り付くような弱さを感じた。

「結婚に愛情なんてない。俺の居場所なんてそこにないんだ。美優が必要なんだよ」

「そんな……」

なんて、勝手な生き物だろう。頭では、そう判断できる。だけど、病院でも噂されてるような、師長達の気持ちもわかる気がした。

『この病院多いよね。今の看護師長だって内科部長の愛人だって知ってた？』

以前聞いた噂話が頭に蘇《よみがえ》る。誰でもみんな、いつでも強くいられるわけじゃない。

誰かに求められたい、寂しい時に限ってそんな風に心が求める。必要だと言われて、心が揺れない人なんているだろうか。きっと、この手を振り払える人ばかりじゃないのだ。結婚もせず、ひとり、口約束だけを頼りに相手を待つことを選んだ人もいる。あの部屋にいた、私みたいに。間違ってるとわかっていても、心を残していれば、なおのこと。

だけど、私は、そうはならない。

「できない、もう無理」

「美優」

「克之さんに、ついていけない」

話していても、気持ちは冷えていくばかりだった。心はもうここにはないんだと自覚して、こんな状況なのに安心したと言ったら変だろうか。

ふっと緩んでしまった口元に、克之さんの表情が歪《ゆが》んだ。

「それで？　俺から離れて、あの男のものになるのか」

聞こえたのは、ぞっとするような、低い声だった。びくっと肩が跳ねて、近づく顔に恐怖を覚える。顔を背《そむ》けるよりも早く唇に噛みつかれた。

「いっ……んっ……」

そのまま唇をこじ開けて口内を凌辱《りょうじょく》する舌を、押し返そうとしてもかわされて絡み合うだけで。抵抗は舌先の愛撫に繋がるだけだった。

だめ……このままじゃ……

「……、やっ！」

掴《つか》まれた手も振り払えない、足の力が抜けたらもう逃げ出すこともできなくなる。

恐怖に駆られて、無遠慮に動き回る舌に思い切り噛みついた。

「つっ！」

私を突き放すようにして、克之さんの身体が離れる。その隙《すき》に近くのシーツの山を彼に向かって思いっきり引き倒した。彼の脇をすり抜ける瞬間、掴《つか》まれそうになった腕を大きく振り切る。

「つ……美優っ！」

リネン室の古い扉の、少し具合の悪いドアノブをこれほど煩《わずら》わしく思ったことはなかった。ガチャガチャとノブを回してようやく手ごたえを得て扉を押し開けると、振り向かずに廊下へと飛び出した。うしろで扉が閉まる音と同時に、また名前を呼ばれたような気がしたけれど。

早く、早く帰りたい。

口の中が血の味がして、気持ち悪い。喉《のど》を押さえながら、更衣室まで脇目もふらずに走った。舌が入り込んだぬるりとした感触が気持ち悪くて、喉《のど》まで残った違和感が消えてくれない。

息を切らして更衣室に辿《たど》り着くと、中では着替えをしている人が何人かいた。ようやく張りつめていた気が少し落ち着いて、何度か深呼吸を繰り返す。

「お疲れ様です」

息を整えながら顔見知りの看護師に声をかけて、スマホの電源を入れた。

……手、震えてる。

気づいたと同時にスマホが起動して、すぐにメッセージを受信した。

『仕事終わった？　待合室まで迎えにきてるよ』

瑞樹が、近くまできてくれてる。スマホの画面に額《ひたい》をくっつけると、ほぅと力が抜けて、涙が落ちそうになった。

瑞樹はやっぱり、人の感情を読むのが上手い。今の出来事を隠すつもりはなかったけれど、人前で泣きつけるはずもない。だからできるだけ平静を装《よそお》って彼が待つ外来の待合室まで行ったのに、目を合わせた途端一瞬で彼は眉をひそめた。

「何かあった？」

言葉にできていなくても、きっと私は視線で彼に縋《すが》り付いた状態だった。彼の目が素早く何かを探すように周囲を見渡し、私の背後の一点で止まり鋭さを増す。

「……瑞樹？」

思わず振り向いて、固まった。ずっと遠く、受付のロビーを挟んで外来の通路から、背の高い白衣姿がじっと私達を見ていた。

……やだ。

あんなに怖い人だっただろうか。関係がこじれる前は、優しくて力強くて、頼れる大人の男の人だと思ってた。そんな過去の残像が、音を立てて崩れていく。

顔を振り向かせたまま、手が無意識に前方に伸びて瑞樹のシャツを掴《つか》む。その手を大きな手が包んでしっかりと私を引き寄せてくれた。

「大丈夫、帰ろう」

肩を抱かれて、そのまま頭をもたせかける。ちゅ、と旋毛《つむじ》にキスが降りてきて、髪を撫《な》でてくれる、私を落ち着かせてくれるあの仕草をすると、ゆっくりと院外へと出た。

帰路、他愛ない会話をしてくれたのは間違いなく私のためだろう。だけど家に着いた途端、ソファにへたり込んだ私の肩を掴《つか》んで、言った。

「美優、何された？」

「人気《ひとけ》のない階段でばったり会って……リネン室に連れ込まれた」

それを聞いて、瑞樹の目がまた鋭く細められ肩を掴《つか》む手の力が強くなる。

「あ、でも。大丈夫、すぐ逃げてきたから……」

私を見つめる彼が視線を落とし唇を見て、眉根を寄せる。

「唇、切れてる」

そう指摘されて、唇を隠さずにはいられなかった。

あの乱暴なキスを思い出して、気分が悪くなってぎゅっと目を瞑る。

「くそっ……あいつ」

瑞樹の口からあまり聞かない乱暴な言葉遣いに驚いたけれど、抱き寄せてくれた腕は優しかった。

ゆっくりと髪を撫《な》でて私を慰《なぐさ》めるその仕草はいつもと同じ。でも、数度それを繰り返した後、彼が苦しそうな声で言った。

「……だめだ」

「瑞樹？」

不安になって、彼の腕の中で顔を上げる。苦しそうに、彼はじっと目を閉じていたけれど。

「だめだ、ごめん美優」

「え……」

肩を押されてくるりと視界が反転する。背中がソファに受け止められて、気がつくと正面から瑞樹が私を見下ろしていた。

「みず……」

「……何されたの？」

親指が、傷ついた唇を撫《な》でて痛みが走る。尋ねる口調なのに、唇に注がれる瑞樹の視線に、彼が確信を持ってることはすぐにわかった。

「キス、された」

そう言った途端、眉間に刻まれた皺《しわ》が一層深くなる。険しい表情で溜息をついた瑞樹が怖くて。

「ここに？」

「ごめ……」

私が油断したからだ。警戒が全然足りてなかった。そう思ったら、熱くなった瞼《まぶた》の際《きわ》から今にも涙が零れ落ちそうになった。

「ごめん、美優」

「瑞樹？　やだ」

怒っただろうか。呆《あき》れられた？

ぽろ、と目尻から涙が零れた瞬間、唇が柔《やわ》らかく触れ合って、舌先が唇の傷を舐《な》めた。私は驚いて目を見開いたままで、固まる。視界には少し伏《ふ》せられた瑞樹の綺麗《きれい》な瞳が見えた。

「焦《あせ》らず待ってようと思うのに、ごめん」

「んっ……」

「でも、キスだけ許して」

唇を啄《ついば》みながら、合間合間に言葉を挟む。優しいキスはやがて少しずつ食《は》むように、舌を使って隙間《すきま》を擽《くすぐ》る。

もどかしい、けど心地よい、その感覚に腰が震えた。胸が痛くて息苦しくて、彼のシャツの布地を掴《つか》むと優しく解かれて手を握り合わせる。

「……どれくらいされたの」

「……もっと、奥、喉《のど》の」

喉《のど》のほうまで、気持ち悪くなるくらい。そう全部言い終わる前に、深く唇が重なり、舌が絡み合った。

静かなリビングに、ソファが軋《きし》む音とキスが作る水音だけが響く。いつのまにかぴったり身体を重ね合わせ、少しの隙間《すきま》も許さないくらいに抱きしめ合ってキスに夢中になっていた。

競うように吐息が熱を上げて、息が荒くなる。彼の手が明確な意思を持って私の身体をなぞっては、思い直すように拳《こぶし》を握る。私はその拳《こぶし》に手を重ねてキスの狭間《はざま》で彼をねだった。

「……もっと」

もっと……唇だけでなく、もっと。あの人が私に残した余韻《よいん》のすべてを消して欲しい。その意味がわからないはずはないのに、彼は軽く頭を振っては苦しそうに眉根を寄せ、唇だけを重ね続けた。

その日、私達は結局キスだけで、ラインを越えることはなかった。

だけど、それ以来まるで箍《たが》が外れたようにキスだけはたくさんする。彼の性格を表すような、穏やかに優しく重なる唇もあれば、時折思いもよらない熱を帯《お》びて、激しく重ねる時もある。

まるで、何かに迷っているような。

そして、酷《ひど》く心配性になった。ソファでキスの余韻《よいん》に浸《ひた》り起き上がれない私の頬を、彼が指で撫《な》でながら呟く。とても、苦しそうな表情で。

「……ほんとはもうあの病院行かせたくない」

「大丈夫よ、もうひとりにならないようちゃんと気をつけてる」

実際勤務中はそうもいかないことも多々あるけれど、私が気をつける他どうすることもできない。

「誰も怖くて手が出せなくなるくらい、俺に力があればいいのに」

随分《ずいぶん》と非現実的なことを真剣な表情で言うから、私のほうが逆に心配になってきた。

「瑞樹？　変なこと考えないでよ」

「何？　変なことって」

「まさか……殴りに行ったりしないよね？」

力とか言うから、こっちは本気で心配したっていうのに。瑞樹は一瞬、きょとんとした顔をしてから、くすくすと肩を揺らして笑った。

「そういう意味じゃないんだけどね」

私を抱き寄せて首筋に顔を埋《うず》める。瑞樹の髪から、お風呂上がりの香りがした。きゅう、と抱きしめる腕に力が籠《こも》る。

抱きしめられているのに、なぜか甘えられているような気がして瑞樹の髪を指で撫《な》でた。いつも、私がしてもらうみたいに。

「心配かけてごめんね美優」

「や、それは、私のほうだから」

一応、そう答えたけれど。本当はこのところずっと、心配してる。

瑞樹も仕事をするようになって、ふたりでゆっくりできるのは私が休みか日勤の夜くらいになった。休みは合わないし、勤務時間がばらばらの私とはどうしてもすれ違いが増えていく。

それでも瑞樹は、できる限り私の送り迎えをしてくれたし、準夜勤で真夜中に帰る時でも必ず迎えにきてくれた。

自分も慣れない仕事で、疲れてるはずなのに。

「……瑞樹」

「うん？」

「無理してない？」

「何が？」

話してる間も首筋から離れない瑞樹の頭を抱きしめる。

肯定の言葉を聞くのが怖くて、聞いておきながらはぐらかしてしまった。仕事とか身体とか、心配なことはたくさんあるけれど、一番気がかりなことは別にある。

「……なんでもない」

瑞樹が近頃、余りカメラに触れてない。カメラに夢中になっている姿を見てきたからか、酷《ひど》く寂しい。

無理をしてるんじゃないかなって。カメラのことを考えられないくらい、仕事が大変なんだろうか。

「ねえ、瑞樹」

「うん？」

「また休みが合ったら、一緒に写真撮りに行きたいね」

私がそう言うと、すぐに答えはなかった。首筋の肌を吐息が擽《くすぐ》り、くすぐったさに目を細める。

「……そうだね、また」

「行こうね？」

「うん」

仕事は大切だ。

だけど、変わって欲しくないと思う部分があるのはわがままだろうか。

変わっていくものがあるのは、仕方ないこと。でも無理はして欲しくない。好きなものを放り出して欲しくない。

言葉はそれきり途切れて、しばらく無言で抱き合ったままソファに身体を沈ませていると、不意に彼の手のひらがパジャマの上から身体を撫《な》でる。

肌に触れる吐息が、熱い。抱きしめる腕が少し緩んだかと思うと、瑞樹の顔がすぐ目の前にあり、伏《ふ》せた瞼《まぶた》が悩ましかった。

角度を加えて、唇が一瞬触れたかと思うとまた離れ。

「美優」

名前を呼んでは、また触れ合う。キスを重ねるようになってから、何度もこんな空気が私達に纏《まと》わりつくようになった。

あの夜のキスは、瑞樹が私に見せた初めての独占欲だったと思うのは自惚《うぬぼ》れかな。そんなにも欲してくれてるなら、もっと触れて欲しい。だけど、それ以上進まないのは、彼が私を待ってくれているからだ。

キスで生まれた熱を逃がすように、互いに深く息を吐き出す。彼の袖《そで》を握る手に力が籠《こも》る。彼は身体を撫《な》でては思い出したように手を止めて、キスで誤魔化《ごまか》す。

そうしたら、また熱が生まれる。なんて、扇情的《せんじょうてき》。

気持ちは、もう十分くらい私の中に溢《あふ》れている。後はそれを彼に伝えるだけ、だけど。

「……美優。そろそろ寝ようか。明日早いでしょ」

今更改めて言葉にしようとすると、気恥《きは》ずかしい上にタイミングがわからない。

「……うん」

やっぱり彼が以前に言った通り、私って何をするにも勢いが必要なんだな、と改めてそう思った。

第八話　矛先《ほこさき》が向かう場所

救急で入ってきた患者さんが乗ってきたストレッチャーを、救急外来まで返しにきた時だった。今は使用しないから非常出口の近くに置いてきてくれと救急当番の看護師に頼まれて、少し離れた場所までストレッチャーを押していった。

出口のすぐ傍は非常時に邪魔になるから、少し手前の通路の端に寄せておく。夜の病院は、照明も必要最低限しかつけられておらず、詰所以外はどこもかしこも薄暗く気味が悪い。

最初はそれこそ、ひとりで詰所を離れたりするのが怖くて仕方なかったのを覚えている。今はもう慣れたけれど、それでも不気味な印象は拭《ぬぐ》えない。

しかも……すすり泣く女性の声が微《かす》かに聞こえたりしたから、さすがに心臓が縮み上がった。

な……何？

まさか幽霊、と思う前にもうひとりの声が聞こえた。今度ははっきりと。

「……めんどくさい女」

瞬間、どくんと痛いほどに鼓動が一度跳ねた。

「最初から気持ちがないのはわかってたはずだろう」

聞き間違うはずのない、克之さんの声だ。けれど、驚くほど冷ややかな声だった。

……非常口が、少し開いてる。外から？

確か、この非常口の外には職員の中の喫煙者が灰皿を持ち寄った、簡易的な喫煙所がある。だけど明かりがほとんどないこの時間には利用者は滅多《めった》にいないはずだ。

覗《のぞ》くのは怖い。だけど気になる。

相手の女性は……多分、婚約者？

少しだけ、と、つい忍び足で近づいた。会話に聞き耳を立て、扉の陰から喫煙所を覗《のぞ》くと、割と近い場所にふたりの姿が見えたけれど、克之さんはこちらに背中を向けていて少しホッとする。

彼の背中を挟んで向こうに、やはり婚約者の姿があった。

「……酷《ひど》い、そんな言い方……！」

「事実だろ。大体、これ以上俺にどうして欲しい。その腹の子の父親になってやろうっていうんだ、十分だろう」

その言葉に驚いて目を見開いた。

今の、どういう意味？　克之さんの子供じゃないってこと？

だけど、それはすぐに彼女の言葉に否定される。

「どうしてそんなことを言うの……この子は間違いなくあなたの」

「どうだかな。俺が何も知らないと思うなよ」

声を震わせる彼女に対して、克之さんの言葉は酷《ひど》いものだった。こんな克之さん、私は知らない。

ふたりの姿には、いつも人前で見せつけていたような仲睦《なかむつ》まじい雰囲気は欠片《かけら》もなかった。

どういうことだろう……

話の続きは気になった。けれど、見つかるほうが怖いし第一もう私には関係ない。そっと後ずさりしてその場を去ろうとした時、また克之さんの冷たい声が聞こえて、彼女が弱々しく泣いた。

「もう行く。さっさと帰れ」

「待って、ごめんなさい。もう、うるさくしないから」

彼女が、克之さんの首に縋《すが》り付く。面倒そうな溜息と、すすり泣く声。

「ただ、もう少し一緒にいる時間が欲しくて……ごめんなさい」

克之さんの肩越しに、彼女の涙に濡れた顔が見え……明確に、彼女の目が私を捉《とら》えた。

心臓が震え上がるような感覚。自分の頭上にここが非常口だと示している緑色の明かりがある。こんなに暗くても私の顔はわかるはずだ。

やっぱり、さっさと立ち去るべきだった……！

まるで金縛りにあったみたいに動けなくなった私の姿を認めて、泣き顔のまま驚いて瞠目《どうもく》した彼女はやがて目つきを変え。

ぎゅっと克之さんに縋《すが》り付く腕に力を込めた。

「まなみ？　どうした」

克之さんが感づいて、こちらを振り向こうとする。瞬間、私は弾《はじ》かれたように踵《きびす》を返して全速力で走り去る。

足音で、誰か人がいたことには気づいただろうか？　彼女には見つかっているのだから、克之さんに見られたと話すかもしれない。

必死で走りながら、うしろから追いかけてくる足音が聞こえないことに安堵《あんど》して少し歩を緩める。内科病棟まで早足で階段を駆け上がり、着いたところで階段の手すりに掴《つか》まってへたり込んだ。

荒い息を整えながら、片手で口元を覆《おお》う。耳を澄ましてもう一度階下からの足音を警戒したが、追ってくるような様子はなかった。詰所に戻らなければと、どうにか立ち上がる。

「あの人……知ってる？」

婚約者……まなみさんの、私を睨《にら》む鋭い目を思い出してぞくりと鳥肌が立った。言葉を交わしたわけじゃない。だけど、あの目で睨《にら》まれた瞬間、私は確信してしまった。

あの人は、知ってるんだ。私と克之さんの関係を。そして、もしかしたら今も、続いていると思ってるのかもしれない。

今の話から、まなみさんは克之さんを愛していて必要としているのだと感じた。たとえ、あんな風に酷《ひど》い言葉を吐かれても……お腹の子との血の繋がりを疑われても。

あの人は、克之さんを愛してる。まなみさんが私と克之さんのことを知っているなら、彼女にとって私達の関係は不倫と同等に汚らわしいものだろう。

そしてまだ継続中だと思われてるなら、彼女の怒りの矛先《ほこさき》はどこに向く？　あの様子なら、克之さんに向くことはありえない。

……だとしたら。

そんな嫌な予感が的中したのは、わずか二日後のことだった。

日勤だった私はもうすぐ申し送りをして帰ろうという頃に、準夜で出勤してきたたまちゃんに捕まった。

「美優、ちょっと！」

「あ、たまちゃん。おはよう」

「おはよう、じゃないわよ。どういうこと？」

険しい顔で私の腕を引っ張って、詰所奥の休憩場所まで連れて来られた。彼女の剣幕《けんまく》に私は苦笑いをするしかない。

「おかしいじゃない、この時期にひとりだけ異動だなんて」

「あー……うん。まあね」

私も今朝、師長から聞かされて驚いた。しかも明日から、という随分《ずいぶん》と急な異動だった。だけどそれよりおかしいのは異動先だ。

「しかも、外来に異動って……外来のどこ？」

「わかんない。それは明日外来の師長が決めてくれるらしくて」

外来の看護師は、基本が平日の日勤だ。たまに救急当番が回ってくる程度で夜勤も準夜勤もほとんどない。

だから、既婚者で子供がいて、家庭を優先したいと希望している看護師が優先に配属される。私みたいに未婚で特に体調不良などの理由もない者が、しかもこれほど急に外来に異動になることなんて今までなかったはずだ。

「大丈夫？　外科外来になんか配属されたら」

「あー……、それはないかもしれない」

「なんでよ？」

訝《いぶか》しむ彼女に、私は二日前の出来事をかいつまんで話した。もしもこれがまなみさんの仕掛けたことなら、外科外来に配属されることはないはずだ。

「だから、大丈夫かなって」

「待ってよ、だとしたらちょっと温《ぬる》くない？　あんたを外来に追いやるメリットなんて……まあ、病棟の外科フロアと内科フロアは一階違いなだけだから近いっちゃ近いけど」

「あ……ほんとだね」

確かに、たまちゃんの言う通りだ。外来だって遭遇することは十分あるし、克之さんから引き離す目的なら、それこそまなみさんが元々勤めていた姉妹病院のほうに異動させることだってできるんじゃないだろうか。

「でしょ、先生がずっと病棟にいるならまだしも手術だ検査だ外来だって、常に移動してるんだから意味なくない？」

「そうか、じゃあ違うのかな」

タイミング的にもてっきりそうだと思い込んでしまっていたけど。この不自然な異動はただの偶然なのだろうか。

「何がどうなってんのかわかんないけど……あんた、もし何かあったらちゃんと相談しなさいよ。私でも瑞樹くんでもいいから」

「ありがとう。でも、たまちゃんと離れるのは寂しいけど、外来に行けるのはちょっと嬉しいかなって」

私がそう言うと、たまちゃんは少し考えた後、呆《あき》れたようにそっぽを向いた。

「あー……はいはい。そういうことね」

「……えへ」

外来なら、平日出勤の瑞樹と、生活がすれ違わなくて済むのだ。だから、この話を聞いた時は、ちょっとラッキー、だなんて思ってしまった。

それにどれだけ不審に思ったって、結局はその異動に従うしかない。もしこれがまなみさんの仕業じゃないのなら、外科外来に当たる可能性はあるけど……それさえ避けられれば私にとってメリットだらけの異動だ。

しかも当たったところで、克之さんの外来当番は週に一度。

気まずいけれどそれさえ我慢すれば、外来は人目があるから何かされる心配はないに等しい。

余り悲観することもなく家に帰って瑞樹にも同じ話をして、彼も少し心配はしていたけど結果的には喜んでくれた。

だけど、この見解が余りにも甘すぎたと知るのは、異動初日の、しかも朝一のことだった。外来の朝礼、ぐるりと並んだ看護師の輪で、師長の隣に並んで挨拶《あいさつ》をすることになったのは私ともうひとり。

「酒井《さかい》まなみです。現在妊娠三か月で、半年後には産休に入らせていただきますが、育休後こちらに復帰予定ですので慣れるためにも早めに異動させていただくことになりました。よろしくお願いします」

まなみさんだった。

「……内科病棟から異動になりました。綿貫美優です。よろしくお願いします」

まさか、まなみさんと一緒に働くことになるとは思いもよらず、前で揃えた私の手はわずかに震えていた。

もう、間違いない。この異動は全部、彼女が仕組んだことだ。

そして私が配属される科も、彼女が配属される科も……院長に頼んだか、それとも師長に直接「院長の孫」という肩書で圧力をかけたかのどちらかだ。

「酒井さんは内科に、綿貫さんには放射線科に行ってもらいます。内科、放射線科は教育指導をよろしくお願いします」

淡々と連絡事項を告げる師長の声に、私は俯《うつむ》いて唇を噛む。

内科と放射線科で人が足りずに補充するのだとして。

放射線科は、レントゲンをはじめ様々な検査を受け持つ。それぞれに検査技師はいるが、患者の介助をするのは主に看護師の仕事だ。レントゲン、透視《とうし》に造影検査、ＣＴ、ＭＲＩ……プロテクターは付けるものの、患者と一緒に検査室に入ることが多い。

妊娠初期に放射線を浴びすぎることは、当然危険なことだ。私なら、その可能性はないし予定もない。

だから、現在妊娠中の彼女ではなく、私が行くのが当然だろう。だけど、その当然の流れまでが、彼女からのプレッシャーのように感じた。

ひしひしと感じる悪意が私の神経を圧迫《あっぱく》する。この人事異動に悪意を感じるのは、思い過ごしだろうか。

まなみさんの配属された場所は、内科。放射線科の診察室兼詰所のあるすぐ隣だ。

……まるで、監視でもされるみたい。

『克之さんの子供を産むのは私』

立場を使って、無言でそう主張されているような、そんな気がして仕方ない。今はもう無関係なのに、彼女にそれが伝わっていないのか、過去の関係さえ許せないのかどちらなのかはわからないけれど。

姿は見えなくても、その診察室の扉の向こうに彼女がいると思っただけで、胃の痛くなる思いだった。

◇◆◇

「美優……本当に大丈夫？」

余程疲れた顔をしてしまっていたのか、箸《はし》を持ったままぼーっとしてたせいか。瑞樹が心配そうに私の顔を覗《のぞ》き込んできた。

「あ、うん。大丈夫。ちょっと気疲れしてるだけ」

ふたりとも仕事だからちょっと遅い時間の夕食だけど。瑞樹が作ってくれた夏野菜の焼き浸《びた》しとから揚げのミゾレ煮は、とっても美味《おい》しい。どんなに疲れていても落ち込んでいても、食欲をなくさずにいられるようになったのは彼のおかげに間違いない。

「嫌がらせとかはない？」

「うん、そんなに。思ったより大丈夫だった」

瑞樹には放射線科に配属されたことと酒井まなみさんも同じ日に外来に異動してきたことは、言ってある。

「だったらいいけど……何かされたらちゃんと相談してよ」

「大丈夫だってば。彼女も妊娠中なんだし、本当は穏やかにしていたいはずだよ」

嘘じゃない。すぐ近くに彼女はいるし、朝礼などで一日一度は必ず顔を合わせるけれど、それ以上の接触はほとんどなかった。

彼女も異動してきたばかりで仕事を覚えるのに大変で、こちらに構ってる暇もないのかもしれない。

そうこうしているうちに産休に入って、その間にほとぼりが冷めて病棟に戻れればいいな……なんて。それは希望的観測が過ぎるだろうか。

勤務時間帯のことを考えると外来はすごくありがたいけど、やはり育休後にまなみさんが戻ってくることを考えれば精神的な負担が大きい。

食事していても、後片付けをしていてもお風呂に入っても、気がつけば病院でのことを考えてしまう。月曜からまた仕事に向かうのが、今から酷《ひど》く憂鬱《ゆううつ》だった。

だけど憂鬱《ゆううつ》なことばかり考えていても仕方ない。明後日《あさって》の日曜は瑞樹も私も休みだから、気分転換にどこかに出かけようか、また瑞樹が写真を撮りに行くならそれについていくのもいい。

そんなことを考えながら、結局ぼんやりとスマホの画面を見つめていたら、瑞樹がお風呂から上がったことにも気がつかなくて。

ぎし、という音と一緒にベッドが揺れたことで、ようやく気づいて顔を上げた。

ミネラルウォーターのペットボトルを手に、瑞樹が私の隣に座っていた。またぼんやりしていたことに気づかれたんだと思うけど、心配そうに見るだけで何も言わなかった。

ふっと笑ってみせると、瑞樹も笑って頷いてペットボトルに口をつける。美味《おい》しそうに喉《のど》を鳴らすのを見ていたら、私も喉《のど》が渇いてきてスマホを枕元の棚におやって彼に言った。

「少しちょうだい？」

はい、と差し出されたそれを受け取ると、私は随分《ずいぶん》喉《のど》が渇いていたらしい、あっという間に飲み干して、空にしてしまった。

「ごめん、飲んじゃった」

「いいよ、俺は十分」

私の手からペットボトルを取って近くのごみ箱に放ると、私のほうへ身体を傾かせ顔を寄せる。目を閉じると、少し冷えた唇が目尻と頬に連続して触れた。お返しにと、私も瑞樹の耳元に唇をくっつける。きっと、私の唇も同じように冷えている。触れた肌は、お風呂上がりで熱いくらいだった。

唇をくっつけたまま、上半身をまるごと彼に預けて目を閉じる。特に何をするわけでもなく、キスというよりもくっつけるというイメージ。その行為が、実は結構安心する。

「……あー……待って」

折角和《せっかくなご》んでいたのに、瑞樹がやんわりと身体を離した。

「なに？」

「ん、なんでもない」

そう言って、私の肩を片手で押しながら一緒にベッドに転がった。私は離れてしまった唇の置き所を探して、ふたりの間にある彼の腕を抱いて手の甲に唇を寄せ、また目を閉じる。

そんな私の行為を見て、彼は困ったような顔で笑った。

「……それ、好きだよね」

「なんか安心するのよね」

「……病院の仕事、不安？」

「それが原因ってわけでもないよ」

「俺は、不安。ずっと心配してる」

その声に瞼《まぶた》を開ければ、もう少しで額《ひたい》がくっつくくらいの距離で彼が私を見ていた。

「簡単にいかないことはわかってるけど」

「うん？」

「職場、変わるわけにはいかないの？」

「ん……そうだね」

曖昧《あいまい》な返事しかできなくて、だけどそれははぐらかしたわけじゃない。瑞樹には随分《ずいぶん》心配をかけてるのは、よくわかってる。私も少し、考え始めていた。

今の病院は勤めて長いから愛着があるし、たまちゃんもいるから離れたくはないけれど、どこか別の病院で新しく始めるのもいいかもしれない。このマンションも引き払って、克之さんからも病院からも離れてしまえば、まなみさんも安心するだろう。

そんな風に引き下がるのはかなりの敗北感だけど、そもそも彼女と争うつもりはないのだ。

「どっかで、新しく始めたいね」

そう言うと、瑞樹は少しほっとしたような顔をした。

「どっか先に住むとこ探して、美優はそれから働くとこ探せばいいよ」

「瑞樹の職場から離れるわけにもいかないでしょ？　通える範囲内ならそれほど遠くに行くわけにもいかないよね」

「大丈夫、行く先決まったらその近くの支店に移らせてもらうし」

瑞樹は余程今の病院を辞めさせたいのか、随分《ずいぶん》と饒舌《じょうぜつ》だった。それがわずかに、彼が話したがらない職場の手がかりを掴《つか》むきっかけになる。

「支店って？　瑞樹はどこかのお店で働いてるの？」

「……うん。店、みたいなもの。店頭にはいないけど」

「ふうん。あちこちに支店があるの？」

「まあ、うん。いろんなとこにあるから、多分大丈夫」

しまった、と思ったのかさっきまで饒舌《じょうぜつ》だった口が急に勢いを落として歯切れが悪くなる。そんなにも言いたくないのはなぜだろう、と少し呆《あき》れてしまう。平日昼間の勤務だけみたいだから、そんな変な店に勤めてるようにも思えないのに。

「……まあ、どんな店に勤めてるのかわからないけど、働き始めてすぐにお店異動したいなんて言えないでしょ。無理よそんなの」

「あ、うん。そう、だけど」

一層口籠《くちご》もる瑞樹の様子が可笑《おか》しくて、少し身体を離して顔を見上げる。すると一瞬だけ目が合うもののすぐに視線を外してしまう瑞樹に、つい苦笑いをした。

「瑞樹……嘘つかないんじゃなくてつけないんじゃないの？」

「違うよ、美優には嘘つかないって決めてるから、どんな顔していいかわかんないんだよ」

くすくす笑いながら言うと、瑞樹は少し困ったように私を見下ろした。

相変わらず、瑞樹は自分の職場のことを話したがらない。それも気になるが、私としては彼にカメラを続けて欲しいから、そのほうが気になった。

私と暮らすために無理をして、自分の生き方を変えて欲しいとは思わない。幸い、私は看護師だ。次の職場さえ見つかれば私のお給料だけで十分暮らしていけるはずだ。引っ越し費用は、貯金があるからなんとかなる。

少し考えた後、私は瑞樹の顔を見て頷いた。

「……新しい職場をまず探すことにする。辞めるのはそれからで」

そう言うと、瑞樹は眉をひそめて、唇を噛んで黙り込む。

「瑞樹？」

「……頼りない自分が情けない」

ぼそっとそう呟くと、ぎゅっと私を抱きしめた。声が酷《ひど》く悔しそうで、私は慌てて瑞樹の背中に両手を回した。

「そんなことない。ただ、ちゃんと次を決めてからって思っただけだよ」

頼りないだなんて思っていない。瑞樹がいてくれるから、こうして私は前を向いていられるのだ。

とにかく、次の病院を決めてから、できるだけ早く退職の意思を伝えて、それから新しい病院の近くで部屋を探す。今の住所から電車で行ける範囲なら、瑞樹の職場にもそう問題ないだろう。

そう決断してから、幾日も経たないうちのことだった。

……やっぱり、これは、嫌がらせのうちなのかもしれない。

うんざりしながら、放射線科の流し台で検査器具の下洗いを続ける。もうずっと、こんなことしかしていない。

最初は、ここでは私が新人になるのだから当たり前だと思っていた。放射線科の他の看護師さん達は、挨拶《あいさつ》する時はにこやかだ。だけど毎日毎日、私に回ってくる仕事は検査の後片付けや物品の整理、それだけだった。看護師の資格がなくてもできる仕事ばかりだ。

実際の検査について教えてもらいたいのに、その場に付かせてももらえない。後は、急に他の科に手伝いに行かされて何かと思えば、シーツの交換や診察室の掃除だったりする。

外来に来たばかりなのだから仕方ないと最初は思えていても、段々とおかしいと思い始めた。

特に、放射線科の看護師で仲の良い二人組からの、風当たりがきつい。彼女達と同じ持ち場に付かされると、午前中の仕事が終わった後、後片付けを私に任せてさっさと昼食に行ったりする。

それも初めは、午後の検査に彼女達は付かなければいけないからだと納得していたけれど。急いで片付けて、昼食もそこそこに検査室に駆けつけて勉強させてもらおうと思っても、また雑用を言いつけられて遠ざけられる。

どう考えても、おかしい気がした。

まだ伝えてはいないが退職するつもりでいる。だから、別に構わないといえば構わないのだけど、それでもやはり余り後味の悪い思いはしたくない。

まなみさんや克之さんはもうどうしようもないとしても、だ。

仕事の合間を見て、放射線科の看護主任を捕まえた。

「あの、検査の後片付けは引き受けます。ですから、検査のことを覚える機会もどうにか作りたいんですが……このままじゃ緊急時にヘルプに入ることもできません」

要望というよりは、これを言うことで主任がどう反応するのかを見たかった。案の定、というべきか。主任は気まずそうに目を背《そむ》けて、曖昧《あいまい》な返事をよこす。

「あー、そうね。でも今はちょっと、教えてる余裕もないから。そのうち考えておくわ」

被害妄想だろうか？　主任に私を教育するつもりはないように思えた。

「……わかりました。よろしくお願いします」

ここは、大人しく引き下がるしかない。

少し離れたところで、誰もいないのを確認してから小さく溜息を吐く。新しい職場を探そう、そう決断した後だったから気持ちの切り替えはできる。それでも、悪意を向けられるダメージが蓄積していった。


決定的な出来事は、それからすぐのことだった。

大量の検査器具を下洗いして、滅菌のために中央材料室に届けた後。遅い昼食に行こうかと思ったけれど、時間を確認して少し悩む。

もうすぐ、午後の検査が始まるから……今からなら準備や前処置から関われるかもしれない。教えるつもりがないのなら、こっちも気にしなければいいのかもしれないが。やはり、仕事をしている以上、努力はしたい。それに、負けたくない。

検査室が並ぶフロアの通路まで来て、人の話し声が聞こえる部屋を見つけスライドドアを開けようとした。

「……院長の孫娘に睨《にら》まれるなんて、綿貫さん一体何したんでしょうね」

そのセリフに、ドアにかけた手が止まる。

「外来に異動してきたのも、酒井さんが手を回したってこと？」

「そうじゃなきゃ、こんな変な指示来ないでしょ。雑用しかさせるなって」

「それ聞いた時、病棟でなんかとんでもないミスでもやらかしたのかと思ったわー」

あははは、とふたり分の笑い声が上がった。心底楽しそうに。声で誰かはすぐにわかった。あの、特別厳しいふたりだ。

やっぱり、まなみさんの、指示なんだ。

そうかもしれないとは思っていたけれど、実際に知るとすうっと血の気が引いていくような感覚に陥《おちい》った。

悔しい。ミスなんかしてない。なんでこんなこと、何も知らない人にまで言われなきゃいけないのか。

どくどくと心臓が早鐘を打って、血圧が上がっていくのがわかる。動揺と腹立ちで、冷静な判断ができない。ただ、もう少し話を聞かなければとそのまま息をひそめて耳を澄ました。

「でも違うんでしょ？　病棟の子に聞いたけど、そんな大きなミスはなかったって」

「それが私もちょっと聞いただけなんだけど……宮下先生に色目使ったって」

息を呑む。心臓が止まりそうになって、唇が戦慄《わなな》いた。

「えっ、でもそういう人結構いるでしょ。宮下先生モテるし」

「いや、それがあからさまにってことじゃない？　酒井さんが泣きながら総師長に相談したって」

「そうなの？　大人しそうなのに結構度胸あるねー。院長の孫娘の婚約者だよー。しかも妊娠してるのに」

……まさか。私と克之さんのことが……？

噂になって広がりつつある。私が一方的に言い寄っている、そんな内容で。

「もしかして愛人希望ってことかなあ」

それを聞いた途端、カッと頭に血が上《のぼ》る。足音をさせないように、けれど素早くその場所から走り出した。

怒りやストレスで血圧が上がるというのは、本当なのだなとつくづく実感する。看護師だし知識としてわかってはいたけれど、実際に身をもって知ることになった。

あのまま中に踏み込んで、そんな事実はないと毅然《きぜん》と言えればそれが良かったのかもしれない。が、私ひとりがいくら否定しても、もしも噂になって広がっているなら私の言葉なんて誰も信じてくれないような気がした。

それに、克之さんと付き合っていたことそのものは事実だ。本当は私が先に付き合っていたんだとか、別れようとしていたとか、どれだけ説明しても言い訳としか聞こえない。

あれから、トイレの個室に駆け込んで息を整え、動揺して上がっていた血圧と脈拍が落ち着くのを待ってから、午後の検査に合流した。

雑用しか任せてもらえないことが、この時ばかりはよかったと思う。こんな精神状態では、どんなミスをするかわからない。

どうにか午後の業務をやり過ごした。

「美優、引っ越ししよう。病院も、もう辞めて欲しい」

家に帰って、瑞樹は私の顔を見るなり何かあったのだとすぐに悟《さと》ったようだ。私自身、瑞樹に聞いてもらうつもりでいたけれど、瑞樹がはっきりとした意思で私の退職を望んだことには少しだけ驚いた。

「美優も、前に新しく始めたいって言ってくれた。そのほうが良い。一日でも早く」

瑞樹の顔は真剣で、彼がどれほど心配をしてくれてるのかは良く伝わってくる。

「うん、言ったけど」

「どんなとこがいい？　部屋は今より広いほうがいいかな。通勤考えて駅には近いほうがいいよね」

瑞樹は私が多少戸惑っていようとも、強引にでも退職と引っ越しに持っていきたいらしい。いつもなら私の感情に敏感なはずの彼が、私が戸惑っていることに気がつかないわけがない。

「待って。私もすぐ転職活動始めるから、先にそれが決まってからにしたほうがいいと思って」

「じゃあそれでもいいけど、退職だけは病院に先に伝えておいたほうがいい」

案の定、戸惑った私の言葉に即座に返事がある。何を言われるのかわかっていて、言葉も用意していたような印象だった。

「……でも、辞めたら私の収入がなくなるし」

「俺の給料も入るし、引っ越し費用もなんとかするから。心配なんだよ、ほんとに」

「瑞樹……？」

「……悪意が全部美優に向かってる。美優だけが馬鹿を見るような結果になりそうで嫌なんだよ」

今以上に、嫌なことが起きるかもしれない？

瑞樹の言葉に、あの夜の暗闇でのまなみさんの鋭い目を思い出して、背筋にひやりとしたものを感じた。

第九話　恋の代償

次の勤め先が決まる前に辞めてしまって、いいのだろうか。看護師の仕事は募集も多いし、どこでもやっていけるとは思うけれど、引っ越しまでするとなると貯金額も心もとなくなってしまう。長年勤めたところを、恋愛のいざこざで辞めてしまうのも悔しい気持ちがあった。

だけど、瑞樹の気が気じゃないという気持ちも伝わってくる。

「美優は、なにが心配で躊躇《ためら》ってる？　俺の仕事なら心配ない。信じて欲しい」

私が躊躇《ためら》ってしまうのは、瑞樹の仕事が本当に安定して続くものなのかどうか、それがいまいちわからないからだ。

自分の収入が途絶《とだ》えることは、やはり不安だ。何しろ、瑞樹は自分がどこに勤めているのか明かそうとはしないのだから。

それに、私のために仕事に就《つ》いてくれたのはよくわかっているけれど、どうしてそこまでしてくれるのだろうと考えてしまう。

恋に落ちて、と私に言ってくれた。それは彼も私を思ってくれているのだと、信じている。だけど、出会って間もなく、面倒ばかりかけてかけられての関係だった私に、彼がどうしてそこまでしてくれるのだろうか。

今までの生き方を変えてまで。ふらふらとあちこちクラゲのように漂《ただよ》って、好きに写真を撮ってきた、その生き方を、本当に変えていいの？

「俺は、美優を裏切ったりしない。すぐに信じられなくても、いつか信じて」

瑞樹が少し寂しそうな笑みを浮かべる。

疑っているわけじゃないけど消えない不安を、私は上手く言葉にすることはできなかった。

瑞樹の言葉を考えて、自分の気持ちも考えて、そして病院の状況も考えて。

その末に、決心した。まなみさんもだけど、克之さんだっていつ何を仕掛けてくるかわからないのだから、瑞樹の心配は当たり前だ。生活は、仕事さえ見つかれば問題はない。勤めながら探すよりも、そのほうがフットワークも軽くなるのだから、すぐに見つかるだろうと信じることにした。

翌日私は外来の看護師長にできる限り早い時期での退職を申請した。それを、放射線科の主任にも伝える。

「ええっ……本当に？」

「はい。すみません。今朝、師長にも相談しまして、一か月後に」

「そう……残念ね」

主任は少しバツが悪そうな表情をしたけれど、特に引き留められることもなかった。看護師長もそうだった。異動してきて即の退職希望、普通ならどうしてなのか理由を聞き出そうとするはずだけど。それがないということは、私が辞めたくなるだろうということをわかっていたということだ。

「後少しの間ですが、もうしばらくよろしくお願いします」

頭を下げると、主任のほっとしたような溜息が聞こえた。できればこれで、くだらない嫌がらせはやめて欲しいところだけれど、今更仕事を教えようとしてもらってももう意味はない。きっと今までと同じように雑用を頼まれるだけだろう。むしろそのほうが、気が楽でいいかもしれない。

まなみさんの希望は、これで叶えられるのだ。克之さんの目に触れるところから、私はいなくなるのだから。

「……ごめんなさいね」

「えっ？」

背中を向けた主任から、小さく謝罪の声が聞こえた。しばらく待ったけれど、それ以上何の言葉もない。

だけど、その謝罪だけで、少し気持ちが軽くなった。すべての人がまなみさんの話を真に受けているわけではないと、知ることができたから。

退職の意思を伝えて、三日。今までとそう変わらないけど、放射線科の看護師の言葉は少し柔《やわ》らかくなったような気がしていた。

いつものように検査を終えて、後片付けを済ませてからひとりで職員食堂を訪れる。カレーライスのプレートを手に持って空いた席を探していると、見慣れた顔ぶれを三人見つけた。内科病棟の時の仲間だ。たまちゃんもいる。

「たまちゃん、みんな」

そんなに昔じゃないはずなのに、懐かしく感じてしまう。近寄りながら声をかけてしまって、はっとする。例の、克之さんとの噂は病棟のほうではどうなっているんだろう。たまちゃんはわかってくれているからいいけれど、他のふたりは？

嫌な顔をされてしまったらどうしよう、と一瞬思ったが、三人の顔が同時に私のほうを向き笑顔で手招きしてくれた。

よかった、病棟までは回っていないのかもしれない。

ほっとしながら近づく。比較的空いているテーブルで良かった。向かいにふたり、たまちゃんがひとりで座っているので、たまちゃんの隣に座らせてもらった。

「綿貫さん、ひとり？」

「そうなの、検査の後片付けをしてて……わからないことばかりだから雑用しかまだできなくて」

一応、そういう風に誤魔化《ごまか》して、明るく答えておく。でも、ひと月後には辞めるのだから、なにかあったのかもしれないって憶測はきっと飛び交うだろう。

それなら、自分から言っておくべきだろうか。たまちゃんにはもちろん、報告するつもりでいたけれど。

迷っているうちに、よく見れば三人のプレートはほとんど空になっていた。どうやら、私が来たのはもう食べ終わりの頃だったようだ。

他愛ない話だけを楽しく喋るのも、職場では久々で嬉しかった。結局言い出せないまま、三人が立ち上がる。

「美優、あんたちゃんと食べなさいよ」

「食べてるってば。いいなー、病棟懐かしい」

ついそんなことを言ってしまうと、たまちゃんと他のふたりまで慰《なぐさ》めるように頭を撫《な》でてくれた。

「急な異動だったもんねえ。なにかあったら言ってね」

「ありがとう」

休憩時間には限りがある。寂しいが引き留めるわけにもいかないのでバイバイと手を振ると、たまちゃんだけが他のふたりの視線が外れた隙《すき》に、私に耳打ちした。

「話があるから、今度電話する」

頷いて、私も小声で返した。

「私も、報告しないといけないことあって。また時間合わせて会おう」

たまちゃんの話も気になるが、私の話もこんなに人が多いところでできる内容ではない。頷き合ってから、たまちゃんはまるで頑張れとでも言うように小さくガッツポーズをしてから離れていった。

たまちゃんとは、この病院に勤め始めた頃からの付き合いだ。だから、この病院を辞めることで一番寂しいのは、彼女と離れることだと、急に実感した。

だけど、彼女とはいつでも会える。同僚でなくなるのは寂しいけれど。

きっと、外来でのことと退職することを話したら、たまちゃんは怒ってくれるだろうな。彼女はここに残るのだから、自分の勤め先のこんな部分を知りたくはないはずだ。けど言わないわけにもいかない。

そんなことを考えながらカレーライスの続きを食べていると、さっきまでたまちゃん達がいた席に人が近づいたのがわかった。何気なく顔を上げ、固まる。

「あ」

思わず声を出してしまった。

「お疲れ様。綿貫さん、ひとり？　ここ、座っていい？」

内科外来の看護師が三人。そこに、まなみさんもいた。彼女の目が睨《にら》むように私を見ていて、口の中にあるカレーライスが喉《のど》に詰まりそうになる。

どうにか呑み込んで、なんとか答えた。

「お疲れ様です。どうぞ、私はもう終わるので」

平気な顔を装《よそお》いつつ、じっと睨《にら》んでくるまなみさんのほうは見なかった。他のふたりに向けて笑顔で言うと、急いでスプーンを動かす。

内科外来の人達がどう思っているのかはわからないが、まなみさんがいる場所だ。彼女の良いようになっている可能性が高い。さっさと離れてしまうに限る。

三人は午後からの業務のことで話をしている。そのうちに食べ終わろうと思ったけれど、思い虚しく話しかけられてしまった。

「綿貫さん退職するんですって？」

「はい。あとひと月ほどで……すみません、急で」

「次の病院は決まってるの？」

「いえ、まだ」

当然、まなみさんもすでに知っているんだろう。視界の端で、特に反応することもなくもくもくと箸《はし》を動かすのを確認して、ふと思い付いた。

「まだ決まってないんです。引っ越し先を決めてから、次の職場を探そうと思って」

私はもう、病院だけじゃなく克之さんのマンションからも遠ざかる。そのことを、まなみさんに伝えたかった。だから敢《あ》えて引っ越すことも口にした。

もう克之さんの前に現れることはなくなる。だから、そっとしておいて欲しい。

「えっ、引っ越すの？　実家に戻るとか？」

内科でも、私がまなみさんに嫌われて嫌がらせを受けていることは把握《はあく》しているだろうに、白々しいような質問が飛んでくる。

それを私も白々しい笑顔で返しながら、はっきりと答えた。

「長く住んだところなんで、寂しいですけど。心機一転で、頑張ります」

私はもう、克之さんに関わらないから。まなみさんにそれさえ伝わればそれでよかったから、後は適当に会話は流す。

その間、まなみさんからの冷ややかな視線はひしひしと感じていたけれど、何か言われることはなかった。

内視鏡室の流し台で、検査に使用した器具を水洗いして、滅菌に出すものとここで簡易消毒するものとに分けていく。

器具の種類の多さに最初は戸惑ったけれど、カテゴリ分けに慣れてしまうと簡単だった。作業しながらつい思い出してしまうのは、やっぱり食堂でのまなみさんの顔で。

私はふるりと頭を振って、その顔を追い出した。

あんな風に睨《にら》んできて、これ以上、どうしろというんだろう。もう何もかも忘れて、私も先に進みたいのだ。もうやめよう、考えるのは。

楽しいことだけ考えようと、思ったら浮かんでくるのは瑞樹の顔だった。

私が病院を辞めることを決めてから、彼はすごくご機嫌だ。うちのノートパソコンでなにやら一生懸命見ていて、私と目が合うと嬉しそうに手招きをする。近づくと少し身体を傾け、私にも画面が見えるように空間を作ってくれた。画面には不動産屋のサイトが開かれていて、間取りの略図が縦にずらりと並んでいる。

『どんなとこがいい？　今よりはセキュリティちゃんとしてるとこ探そう。できるだけ駅近で検索してるけど……』

カチカチとマウスを鳴らす彼の横顔がやけに楽しそうで、思わず胸がキュンキュンしてその横顔に見入ってしまった。

今はもう、ポチとは呼ばないけれど。ああいう風に素直に嬉しそうにしてくれるところは、瑞樹ってやっぱり犬っぽいと思う。

そうして、これは毎日だけれど。

『あいつは大丈夫？　もう近づいてこない？』

瑞樹はやっぱり、まなみさんよりも克之さんのほうが心配らしい。

『大丈夫、最近は全然』

外来に来て、私と克之さんの噂がまなみさんによって広まってしまったからだと思うが、今は一切接触がない。

『お願いだから油断はしないで』

『わかってる。ひとりにはならないようにする』

安心させるために言ったけれど、そういうわけにもいかない。検査が全部終わった後の片付けをしている時は、大抵ひとりだ。今もそうだが。

まなみさんとの婚約は、克之さんにとってなくてはならないものだろうから、噂が広まっているうちは、近づいてこないはずだ。

そうしているうちに、私は病院からいなくなる。

器具の先端をブラシで丁寧に洗い流しながら、心配性の瑞樹を思い出して口元が緩む。

「美優」

「きゃあっ」

突然背後からかけられた声は一番聞きたくないもので、慌てて振り向いたらやはり克之さんがそこに立っていた。

流し台に背を向けて、手探りで蛇口を探して水を止める。克之さんから目を逸《そ》らさずに横に逃げて距離を取ろうとしたら、彼が軽く手を挙げて制止させるような仕草を見せた。

「大丈夫だ、何もしない」

少し眉尻を下げ、神妙な表情を見せる。それが、本当の顔なのか……私にはもうわからない。

あの夜、まなみさんに泣きつかれていた時のあんな怖い彼を見てから、私は彼の何を知っていたのかわからなくなってしまった。

「……そんなに警戒しないでくれ、美優」

「いつ誰が来るかわからないのに、名前で呼ばないで」

噂を裏付けるようなことを、克之さんも知られたくないだろうに。というか、ここを出て行く私よりも克之さんのほうが困るはずだ。

そりゃあ、残りわずかな日数、穏便《おんびん》に勤めて終わらせたいから、私だって知られないに越したことはないけれど。克之さんは、平気なのか。このところ大人しかったのは、ただ単に忙しかっただけなのだろうか？　図太い神経に、驚かされてしまう。

「誰も入れないよう、鍵でもかけてこようか？」

「やっ、やめて！」

慌ててそう言うと、彼は冗談だとでもいうように皮肉な顔で笑った。

「……引っ越すって？」

「え……？」

「病院も辞めるのか」

まなみさんから聞いたのか、外来の誰かから聞いたのか。それを確かめて、どうするつもりなんだろう。

「そうです。聞いてどうするんですか」

警戒する私に、彼が苦笑いをして疑問に答えてくれた。

「詰所にいたらまなみが怒鳴り込んできた。あの子をどこに囲うつもりだって」

「……はっ？」

思いもよらない成り行きに、間抜けな声しか出なかった。あの会話をまさかそういう風に受け取られるとは、まったく予想していなかったから。

いや……私が迂闊《うかつ》だったのかも。もしも逆の立場なら？

お腹に子供がいて、婚約者には他に女性がいて……そんな状況なら、疑っても仕方ないのか。彼女は私が思うよりもずっと深い、疑心暗鬼《ぎしんあんき》の闇の中にいるのかもしれない。

「お人よしだな」

「えっ？」

克之さんの言っている意味がわからず、眉根を寄せながら手は背後の流し台を辿《たど》る。彼はそれ以上距離を詰めてはこないけれど、それでも警戒して身体は強張《こわば》った。

「申し訳なさそうな顔」

「それは……だって」

当然でしょう、という言葉は呑み込んだ。だって、言わなくてもわかりそうなことなのに、彼には理解されないのかと思うと声に出すのも無駄な気がした。

どちらが先に付き合い始めたかなど、本当のところは知らないし、克之さんとまなみさんがどういう経緯でお見合いをして、どういう付き合いをしてきたのかも、もうどうでもいい。詳しく確かめるつもりもない。

だけど少なくとも私は、途中からは彼に婚約者がいることを知っていた。それが正しいことじゃないのはわかりきってる。

「まなみは美優が思うよりしたたかだよ。我を忘れたフリしてこっちの反応を試してるだけだ」

「だったら、ちゃんと話してあげてください」

「何を?」

「何をって……」

とぼけた受け答えで、ますます克之さんという人間がわからなくなる。頭に血が上って荒らげそうになる声を、懸命に抑えた。

「私とはもう終わってるってことを、です」

「信じないんだよ。俺は信用されてない」

「自業自得じゃないですか」

「まあ、そうだな」

肩を竦《すく》めたその仕草が少し切なげで、それはまなみさんに向けられたものなのだろうかとつい見入ってしまう。

本当に……どちらの顔が、本当の彼なんだろう。そう考え始めて、すぐにやめた。私にはもう関係ない。

不意に彼の手が伸ばされそうになって、びくりと身体を跳ねさせる。過剰《かじょう》な反応に、彼は苦笑いで手を引っ込めた。

「外来に異動になったと聞いた時は、驚いた。まさかまなみがここまでするとはな」

「それだけ不安なんです。お腹の赤ちゃん、大切にしてあげてください」

その言葉には、返事がなかった。一瞬、あの夜盗み聞きした会話が脳裏《のうり》を掠《かす》めたけれど、問うことはしなかった。克之さんとまなみさんの問題なのだ、これ以上関わるべきじゃない。

じっと私を見つめるだけの彼に、私は気まずくなって目を逸《そ》らす。そんな私にかけられた言葉は。

「……俺は、終わったと思ってない」

私達の関係をぶり返そうとするもので、驚いて言葉が出なかった。

……なんで？　なんでまだ、そんな風に思えるの？

「婚約のことを少しも説明しなかったのは、悪かった。言えばお前が離れていくのはわかりきってたから」

「当たり前です、だって……」

だって、それが普通、だよね？

克之さんの目が私を見る。まるで縋《すが》り付くような目で見られると、自分の感覚がおかしいような気がしてくる。

「そんな、被害者みたいな顔しないで」

私を選ばなかったのは、克之さんのほうだ。病院での地位を選んだと、自分で言った。それなのに。

「俺は、美優を手放す気なんかなかった。愛してるんだよ、美優が一緒にいてくれたらそれで耐えられると思った」

泣きそうな表情で、彼の手が近づく。いつも強気な克之さんのそんな顔が、胸を抉《えぐ》った。嘘だと思えない真摯《しんし》な目に、まるで私が酷《ひど》いことをしているような気がしてしまう。

違う、そうじゃない。また言いくるめられたら、だめだ。

「私は、耐えられません」

克之さんを見つめ返しながら、そう言い返すと、克之さんの手が近づこうとしたそのままの形で固まる。

「美優、それは」

「あなたを好きだからじゃありません。他に、一緒にいたい人を見つけてしまいました。だから克之さんと一緒にいるのはもう耐えられない」

これを心変わりというなら、もうそれでいい。不実だと詰《なじ》られても構わない。

克之さんの言葉は、いつも〝強い〟。その口調のせいだろうか、なぜか彼には強く逆らえないものがある。

思えば、瑞樹とは正反対だ。

緊張から、ごくりと唾を呑み下《くだ》す。態度を軟化させない私に、克之さんが引いてくれればそれでいい。だけど、彼はそれまでの悲しげな目元を冷ややかに眇《すが》めて無表情になった。

動きを止めていた手が、ふたたび動く。克之さんの手は私には触れずに、背後の流し台に静かに置かれた。

「美優」

乱暴な動きではなかったから、咄嗟《とっさ》に逃げられなかった。克之さんの両腕に挟まれるような形になって、しまったと唇を噛む。

「本当に、人が来たらどうするんです。困るのは宮下先生でしょう」

「引き戸の音ですぐにわかる。ここは奥まっているからすぐに視界には入らないしな」

「隠れなくちゃいけない関係だということは、認めるんですね」

「なあ、美優。あの男は、そんなにいい男なのか」

今度は、瑞樹を貶《おとし》める方法に変更したらしい。

「ほっといてください。瑞樹は、私を不毛な関係から助け出してくれた。いつだって私の手を引いてくれる、頼れる人だし……あなたみたいに、あっちもこっちも手に入れようなんて不誠実な人じゃない」

この人に、瑞樹を悪く言われるのは許せない。

強い口調で言い返して、克之さんの胸を強く突き飛ばした。といっても、彼は少しよろめいて数歩うしろに下がっただけだけれど。

「……頼れる人、ね」

彼は、小馬鹿にしたようにそう言うと、くっくっと喉《のど》を鳴らして笑った。

「何が可笑《おか》しいんですか」

「お前らふたりが、楽しそうに歩いているのを見たよ。平日の真っ昼間から」

やっぱり、見られていた。そのことに驚きはない。こうなる前に克之さんが急に私を束縛するようになったことがあった。

どこかで見られたに違いないとは思っていたけれど、やはりそうだったのだ。

「女の財布に頼って生きる、ヒモみたいな男じゃないか」

「ちゃんと働いてます！　それに、あなたには関係ない！」

かっとなって大きな声で反論した。しまった、とすぐに口を噤《つぐ》んで部屋の外に耳を澄ます。人の気配、物音は聞こえないことに安堵《あんど》して意識を克之さんに戻した。

彼は、片眉を上げて笑っていた。

「寄生虫みたいな男は、雰囲気でわかるよ。まるでホストみたいだった。そういう人種は、いつまでも変わらない。そういう性質《たち》なんだ」

「ホストなんかじゃないっ」

「みたいだ、と言っただけだ。あんな日中にフラフラしてるなんてろくな仕事もしてなかったんだろう？」

　言い返そうとしたけれど、瑞樹があの頃働いていなかったのは本当だし、今何の仕事に就《つ》いているのかも私は知らない。

　何を言っても説得力があるとは思えなかったし、克之さんには通じない。彼は医者の仕事に誇りを持っているから、だから自信家でもあるのだ。

「そんな男についていくのか。病院を辞めて？　引っ越すなら金もかかる。美優はしっかりしてそうだからな、多少の貯金はあるだろうが、その後は？」

　まさに少し前まで私が、病院を辞めるタイミングについて悩んでいたことそのもので。ぎくりと顔が強張《こわば》る。

「……そんな男が、頼れる人、ね。美優が頼られているだけじゃないか？」

「精神的に支えられてます」

「はっ、精神的にね」

「それに、私は頼りたいから人を好きになるわけじゃありません」

　仕事や、金銭面を思えば言い返せない。だけど、私はそういう面で頼りたいわけではない。はっきりとそう言えば、彼はまた表情を失くして私を見た。

「病院を辞めるのはいい。まなみはしつこいからな、そのほうがいい」

　どの口がそんなことを言うのか。私が彼女に睨《にら》まれたのは誰のせいだ。不遜《ふそん》な言い方に黙って彼を睨《にら》みつける。

しかし、彼はひょいと肩を竦《すく》めてまたあの嫌な笑みを浮かべた。

「その男と長く続くとは思えないけどな」

「余計なお世話です」

「金の切れ目は縁の切れ目というだろう。俺なら、美優に生活の不安をさせることはない、絶対に。それをよく考えろ」

驚いて、目を見開く。彼はこの期《ご》に及んで、まだ私とまなみさんの両方を手に入れたいらしい。

くるりと白衣が翻《ひるがえ》る。彼は、私の返事を聞かずに部屋を出て行った。

「あなたは……私を、看護師長みたいにしたいんですか」

思わず零れた呟きが、聞く人のいない部屋に響く。

克之さんが執拗《しつよう》に私を追うのは、きっとプライドが許さないからだ。後は、彼の前ではずっと従順だった私が、惜しいのかもしれない。

ろくな恋じゃなかったのは、十分身に染みていたけれど。克之さんの言葉は、私の心に失望と虚しさを呼んだ。


克之さんはきっと、私を金銭的な面で不安にさせて、私が自分から克之さんのところに戻るように仕向けたかったのだろうけど、それは思惑違いだ。

案外、あの人は私のことをわかっていなかったのだなと思う。私が不安なのは、そういうことではないのだ。

金銭面なら、協力し合えばきっとどうにかなる。そういう面で頼りたいなら、私は最初から瑞樹に惹《ひ》かれたりはしなかった。

だけど、不安は確かにあって。

瑞樹は一体、何者なのだろう……？

一日の仕事が終わり、更衣室の個人ロッカーの前で着替えながら克之さんとの会話のことを考えていると、新たに入ってきた人の声がした。入り口は遠いし、ロッカーがたくさん並んでいて姿は見えないけど、この声は——

「たまちゃんー？」

声の主を呼ぶと、足音が近づいて来てまだ制服の彼女がひょいっとロッカーの陰から顔を出した。

「美優、お昼ぶり！　お疲れ様！」

「お疲れ様。たまちゃん、今日は昼勤？」

「そうそう、もう終わった。ちょうど時間が合ってよかった、ごはん行かない？」

瑞樹には何も言っていないけれど、彼も働くようになってから時々遅くなることもある。誰と食事に行くか連絡だけ入れておけば大丈夫だろうと、頷いた。

たまちゃんが着替え終わるのを待つ間に瑞樹にメッセージを入れておいた。既読が付かないので、今日はまだ仕事が終わらないいんだろう。

ふたりで病院を出て、店が多くなる駅のほうへ向かう。しばらく歩くと、お気に入りのカフェが休みで、近くに美味《おい》しそうなテイクアウトのお店が新しくできていることに気がついた。話の内容もあまり人には聞かれたくないものだし、結局場所は家に変更。お料理を瑞樹の分も買って帰ることにする。

大皿のシーザーサラダとピザ、それぞれ好きなパスタを買った。

「あー、瑞樹くんのごはん、私もまた食べたいなあ」

「最近は、休日以外は交代だよ。どっちか早く帰ったほうが作ったり、買ってきたり。私も検査の件数が多かったり後片付けが長引いたりして、時間まちまちだけど、瑞樹も結構色々なのよね」

仕事に就《つ》いてから、最初は瑞樹も頑張って早く帰って料理を作ろうとしていたけれど、仕事の拘《こう》束《そく》時間が思っていたより長くなったようだ。帰宅が遅くなり、瑞樹ばかりに料理を作らせるわけにはいかないと、私もするようになった。

瑞樹の料理のほうが、作り置きでもすごく美味《おい》しいのだけど。私も努力しなければならない。

家に着いてから、買ってきたものをダイニングテーブルに広げて、食べながらこれまでのことを話した。外来で私がどういう扱いだったのか、瑞樹と相談して辞めると決めたこと、それと克之さんのこと、すべて説明を終える。

話の途中で、病棟でも陰で私が克之さんに言い寄っていたという噂が流れ始めたところだったと聞いた。

「でも、全員が信じてるわけじゃないから。今日お昼一緒だったふたりとかね。美優に限ってそんなことはないよねって内科病棟の子はそう思ってるよ」

「うん……ありがとう」

さすがに、内科病棟の子全員が私を信じてくれてるということはないと思うけれど。それでも、信じてくれる人がいることが嬉しい。

「病院を辞めるのはもう仕方ないよ、私は寂しいけど……宮下先生のことはもう放っておけばいい」

「うん……それはわかってるんだけど」

「なにを悩んでるの？」

たまちゃんが、不思議そうに尋ねる。たまちゃんから見ても、ここまで横暴なことをされて病院に残る必要はないと思うんだろう。もちろん、克之さんのことは論外だ。

だけど、私が悩むのは瑞樹のことだった。

「……私と暮らすようになってから、一番生活が変わっちゃってるの、瑞樹なんだよね」

私が病院を辞める時期を悩んだのは、そのためだった。克之さんに、瑞樹の経済力のことを悪《あ》し様《ざま》に言われた時に、気がついた。

私は、瑞樹にそんなことを求めていない。いや、仕事を持って欲しくないというわけではないけれど、無理してまで変わって欲しくない部分もある。

「……引っ越しても、向こうにまた今みたいに写真撮ったりできるとこがあればいいな」

「ああ、瑞樹くん？」

「そう。最近、全然撮ってないから……昔の画像眺《なが》めるばっかりで」

休日も、慣れない仕事で疲れているせいか、写真を撮りに出かけようとしない。慣れてきたら、また再開してくれたらいいのだけれど、瑞樹は以前は本当に気まぐれに出かけていたようだった。会社勤めをするようになってそれに合わせたリズムができてしまうと、なかなか以前のようには気が向かなくなったのかもしれない。

「ふうん。ね、瑞樹くんってどんな写真撮るの？　見てみたいな」

「見る？」

「えっ、いいの？」

たまちゃんの言葉に、部屋の片隅からカメラバッグを引っ張ってくる。以前に、いつでも見ていいと言ってくれていたのだ。ただ、カメラを持ち上げる時はちゃんとレンズを支えて、だとか扱い方を聞いていると結構デリケートなものらしく少し怖くなった。

だからカメラには触れないことにして、画像が保存されているＳＤカードだけを取り出してパソコンで見ることにした。

「わ……」

パソコンのディスプレーに映し出された画像を見て、先に感嘆《かんたん》の声を漏らしたのは私だった。

「美優は見たことあるんじゃないの？」

「あるけど、カメラに付いてる小さい液晶でしか見てなかったから」

大きな画像ではっきりと見た写真達は、私達が綺麗《きれい》な景色を見かけて撮ったようなものとは、明らかに違っていた。

まるで絵画のように、一枚一枚に世界がある。そのカードに入っている画像のほとんどが風景写真だった。人物が写っているものもあるけれど、被写体というよりも風景の一部に溶け込むようなものばかり。

だけど、ざっと一周して別のカードに入れ替えるとまた雰囲気が違って、花や人、公園の遊具など何かが中心になっているものが多かった。

「なんか、変わったね」

「うん、興味が移ったのかな？　なんでも撮るとは言ってたけど」

彼の興味の移り変わりや、どんな風に写真を撮ってきたのか。私の知らない彼をほんの少しでも垣間見ている気がして、妙にそわそわした。

次、次と画像をクリックしているとたまちゃんが、ぽつりと呟く。

「ねえ、これがさ、趣味でやってる人の写真かな？　趣味っていってものめり込み具合で真剣さも違うんだろうけど……」

「うん……私も今、そう思った」

明らかに素人じゃない。

例えば、パソコンを買った時にフォルダに入ってるデフォルトの風景写真のような、洗練《せんれん》された鮮やかさ。

人の感情まで溢《あふ》れ出してきそうな、人物を含めた情景。

「写真って、専学とかあんのかな？　そういうとこで勉強したの？」

「わかんない。聞いたことない」

「もしかして、プロの写真家とか。そんなんじゃないの?」

「……まさかぁ」

まさか、と否定しながらも、胸の内では肯定し始めている。彼がずっと放浪《ほうろう》していたのは、いろんな場所に赴《おもむ》いて写真を撮り続けることが、目的だったのかもしれない。

「あ、何これ」

カードを一枚見終えて、また別のカードを入れた時だった。そこには作品というよりも、スナップ写真のようなものばかりが入っていて、少し年配の男性が中央に写ったものが多い。

「何かの表彰式?」

「そうみたいだね」

「写真の賞、とかかな」

にこやかに写る男性のうしろに垂れ幕があり、そこに特賞、入賞という文字と人の名前がいくつか並ぶ。恐らくこの男性が何か賞を取ったのだろう。

「ねえ。もうやめにしない? なんかこういうのは、見るの悪い」

私が見たかったのは、彼の作品であって。これではまるで過去を覗《のぞ》き見しているようで、気が引ける。

だけど、次々と写真の上をクリックして画像を切り替えるたまちゃんは、なぜか無言で続ける。

「たまちゃん?」

「……ん、待って。ちょっと、思い出したかも」

少し難しい顔で、次々に移る画像に目を走らせる。まるで何かを捜してるみたいだった。

「思い出したって、何を？」

「うん、ほら。前に、どっかで見たことあるって言ったじゃない」

画面にくぎ付けのままでたまちゃんが言ったけど、何のことか思い出せなかった。

「見たことあるって？　何が」

「だから！　すごいイケメン拾ったって、瑞樹くんをスマホで撮って私に見せてくれた時よ」

「ああ、そう言えば」

そんなこと、言ってたっけ。

あれから色々と状況の変化についていくのに忙しくて、すっかり忘れていたけれど……確かにそんなことがあった。

「だめだ、見つかんないな。美優、ネット借りるね」

「いいけど、一体何を探してるの？」

私の質問にも答えずに、たまちゃんはぽちぽちとマウスをクリックして画面を操作する。

「本條瑞樹、だっけ？　本名」

言いながらたまちゃんは何かを確信してるみたいで、ただその確信が事実だと知るための証拠を捜しているように見えた。

「うん、そうだけど……」

カチ、カチ、カチ。

たまちゃんがマウスの音をさせるたびに、確信に近づく気がする。あんなに知りたかったはずなのに、本当に真実に近づこうとしていると思ったら急に怖くなって心臓がどくどくと音を立て始める。

「ねえ、たまちゃん」

「ごめん、もうちょい待って」

たまちゃんは画面に必死で、私の心境には気づかない。

もう、やめよう？　そう声をかけようと、たまちゃんの肩に手を置いた。

「ねえってば！　たまちゃ……」

「あった！　見つけたぁ！」

たまちゃんの背筋が、跳ねるようにぴんと伸びた。

「ほら、これよこれ！　私が瑞樹くんを見たのって」

たまちゃんが捜し出したインターネットの記事には、確かに瑞樹の顔写真がはっきりと載っていた。

「JPS主催、フォトグランプリ……谷坂《たにさか》賞受賞？」

「当時結構騒がれたのよ。写真家の間では有名な賞らしいんだけど」

当時、という言葉に視線が画面を彷徨《さまよ》う。

よく見ると、それは六年前の記事だった。

「……ほんとに写真家だったんだ」

しかも、ただの趣味じゃない。

大きな賞を取って、記事にされるくらいの。カメラ目線じゃない、笑顔の瑞樹の顔写真は当然今よりも若いけど、それだけじゃなく。

今は毎日見ている顔なのに、すごく遠い存在に思えた。

「権威《けんい》ある賞らしいんだけど、それに加えてあの外見でしょ？　でも騒がれたのはそれだけじゃないのよ」

たまちゃんは少し興奮した様子でネットの画面をかちかちと切り替えていく。

「ほら、これ！　まるで現代の王子様でしょ？　だから私もなんとなく覚えてたのよ」

そこから先は、本当に別世界だった。興味本位に見える記事には、写真家本條瑞樹の背景がまるでゴシップのような煽《あお》り文句で並べ立てられている。

〝才能溢《あふ》れる若き写真家〟

〝祖父は大手銀行社長、父親も同行役員〟

〝銀行家の三男坊〟

〝本人も有名私大経営法学部在学。いずれは銀行家か写真家か〟

これって、本当に瑞樹のことかな。全然違う。遮断《しゃだん》された向こうの世界に、瑞樹のそっくりさんがいるみたいだ。

ぼんやりと文字を目で追いながらそんなことを思う。

だって、私の知ってる瑞樹はお金なんて少しも持っていなかった。コンビニのパンも買えないいくらいにお腹を空かせた、濡れ鼠《ねずみ》だった。

着替えも持ってなかったから、私が量販店で買ってきた安物を喜んで躊躇《ためら》いもなく着てた。スーパーで買い物する時だって、私が値段の安いものばかり選んでも馬鹿にしたりしなかった。

「ね！　瑞樹くん、すごいじゃない！」

「……うん。すごい」

だけど、これではっきりと、わかってしまった。

彼は、私との生活のために、この自分を捨てようとしているのだと。彼の気持ちは疑わない。だけど、彼が払おうとしている代償があることに、そしてそれがとても大きいものであることに、私は気がついてしまった。

くだらないゴシップ。

こんな中に瑞樹はいない。写真は間違いなく、瑞樹の顔。頭ではよくわかっているけど、私の中でそれはリアルには繋がらなかった。

だけど、ようやく見つけた。飾り立てられた文字の中で、目立たなくなってしまった、彼自身。

茜色《あかねいろ》の空。温かい色で街を染める、空の写真。いつだったか彼が私に見せてくれたたくさんの空の画像と、同じものを感じた。

谷坂賞、受賞作品。その写真を見た瞬間に、どんな証拠よりも私は確信する。

写真家『本條瑞樹』は、私の大好きな人。

第十話　愛を知る

瑞樹と話をしなければならない。たまちゃんもそれは察してくれて、食事を済ませた後はすぐに帰っていった。

瑞樹の帰宅までの間、履歴から彼の記事を辿《たど》る。写真家や賞のことも知りたくて、調べてみた。瑞樹が受賞したもの以外にも、コンテストやサロンだとか小さなものから大きなものまで随分《ずいぶん》と色々ある。

そしてすぐに思い至ったのは、たった一度受賞したところで、それで身を立てられるわけではないということだった。

写真家として名前が知られても、すぐには仕事に直結しない。人脈や出版関連との駆け引きも必要で、そう甘いものではないのだ。

六年前の瑞樹の記事をふたたび読んだ。読めば読むほど、その受賞は瑞樹にとって良いことばかりではなかったのじゃないかと思わされる。

あの面白半分のゴシップ記事以外にも、やっかみだらけの掲示板のスレッドも見つけた。彼の背景を邪推して『実力じゃない』『金積んだに決まってる』だとか、随分《ずいぶん》叩かれた跡がある。

以降、目立った経歴も残していないからそれらは余計に瑞樹を追い詰めたんじゃないだろうか。

彼が本名を名乗りたがらなかった気持ちが、よくわかった気がした。ただ純粋に、写真が好きだった自分に戻りたかったのかもしれない。

出会った時のことを思い出す。頼りないと思っていた彼に、思いがけず支えられていた中で、写真に夢中になる彼に惹かれた。

どこにも根を張るつもりのない、風船のような自由な人、そんなイメージだった。その彼を、今、地上に縛り付けている。

瑞樹が写真を撮らなくなったことが、とても寂しかった。今までの生き方を変えてまで、私の傍にいようとしてくれているのだ。

罪悪感さえ、生まれてしまう。

……何をしてるんだろう、私。

ぱん、と頬を張られたような気持ちになった。

克之さんと上手くいかなくなった頃から、気持ちが沈んで気弱になって。しっかりしているつもりでも、結局ひとりでは囲われていたマンションを離れられなくて、瑞樹が手を差し伸べてくれたようなものだった。救い出してくれたのだ。

そんな風に、ひとりでは立てないような私がいるから、瑞樹は。

このままでは、瑞樹は本当に、写真を撮るのを辞めてしまうんじゃないの？

――私がいるから。

カチ、とマウスをクリックした先で、ふたたび彼が撮った写真がパソコンの画面いっぱいに現れた。鮮やかな色彩の空、光と影。

胸の奥が締め付けられるような感覚に、思わず画面に手を触れさせた。

夢中になってシャッターを切る瑞樹の横顔が、目に浮かぶようだった。

短い時間では、どうするのがいいのかすぐに答えが出せるものでもない。そして、私ひとりで出すものでもない。

だけど、瑞樹の帰宅がいつもより少し遅くて、その間に瑞樹の記事を見つけてすぐの時よりは、混乱は落ち着いた。

帰ってすぐ、私の顔を見て何かあったのかと聞く瑞樹に、さすがだなと思わず笑ってしまう。本当に、彼は人の心の機微《きび》に敏感だ。一緒に暮らしているから私のことに関しては余計にそうなのかもしれないけれど。

そんな彼の敏感さも、彼の写真の才能に繋がっているように思う。

気になるだろうけれど、話をするのは先に食事を済ませてからにしてもらう。

その後、ソファの前のローテーブルで検索したパソコンの画面を瑞樹に見せた。嫌なことばかり書いてあるゴシップみたいなページは消したけれど。

「……調べるようなことをして、ごめんなさい」

自分の名前を検索されるなんて、気分がいいわけがない。瑞樹は、パソコン画面を無表情で見つめていた。カチリ、カチリとゆっくりとしたペースでマウスを操作する音がする。

「これ、瑞樹のことだよね？」

「うん、そう。……懐かしいな」

小さな声でそう聞こえて、それでようやく瑞樹の顔に表情が戻る。とても優しくて労わるような微笑みだった。

「怒ってないよ。美優になら知られてもいいと思ったから、本名を名乗った。それにいつか話そうと思ってた。俺が不安にさせたからだよね？　こんなことさせてごめん」

そんなことない、と頭を振った。

知られてもいいと思ってくれていた、そのことに少しだけほっとする。瑞樹の表情を見ていると、嘘ではないのはなんとなくわかる。

だけど、言い出す踏ん切りはついていなかったんじゃないだろうか、とも思う。

「こんないいことばっか書いてる記事だけじゃ、なかっただろ」

誹謗中傷《ひぼうちゅうしょう》のような記事も私が見てしまったことを前提で彼は話す。一番にそれを気にしたことが、彼がそれだけ当時傷つけられた証《あかし》のように感じた。

「見た。ネットって、怖いね」

「怖いのは、あながち嘘ばかりじゃないってところだよね」

「えっ？」

驚いて目を見張る。彼はくすりと笑ってマウスから手を離し、前かがみになっていた上半身を起こした。だけど、彼の目はまだ画面に向けられたままで、私とは目を合わせないままだ。

嘘じゃない……どの部分のことだろう？

酷い記事の中にあった、いくつかが頭に浮かぶ。

「才能もないのに、親が金を積んで受賞させたんじゃないかって、それには笑ったけどね。俺の親は、そんな甘くないし、兄ふたりがしっかりしてるから三男坊の俺のことは放任なんだよ。好きにはやらせてくれるけど、手も貸さない」

「そうなんだ」

目線を落としたまま、彼は自分の頭を掻きながら話し続ける。

「でもそんな噂が立つってことは、それだけ俺に実力が伴ってないってことだ。実力もないのにっていうのは、本当にそのとおりで」

「それはそんなことない」

自嘲《じちょう》するような言葉と口調を、最後までは聞いていられなくて強く否定した。それは、思わず出てしまったことで、瑞樹も私も驚いたように視線を合わせる。

ああ、やっと目が合った。

「そんなことない。才能のあるなしなんて誰が決めるの？　私は、瑞樹の写真、好きだよ」

たくさんの写真を見させてもらった。自分も撮ってもらって、それも、見た。技術だとか、そんな難しいことは私にはわからないけれど、どれもが私には特別に見えた。

人の写真は感情が溢れ出すようだった。風景は郷愁《きょうしゅう》を感じさせ、空の写真は知らず胸が温かくて、なのに苦しくもなって。

私から見れば、どれもこれも特別だった。瑞樹が夢中になって写真を撮っている姿が好きだったし、もっとたくさん、作品も見たいと思っていて。

その時の、ちょっと得意げな、それでいて嬉しそうな瑞樹の表情も、とても好きで。

「ありがとう」

私が思い浮かべていた、瑞樹の笑顔がそのまま、目の前にあった。

「美優がそう言ってくれただけで、別に他にはなんて思われても構わないなって思うよ」

そう言いながら、瑞樹の手が私へと伸ばされる。

「……それで。美優は、どうして俺が帰ってきた時、あんなに悲愴《ひそう》な顔をしてたの？」

私の頬を、彼の大きな手が覆う。真正面から見つめ合うようにして、目を逸らせなくなった。

「悲愴《ひそう》？　そんな顔してた？」

「悲愴《ひそう》というか、覚悟というか、神妙な、というか」

「……話をしなきゃ、って。でも、何を言えばいいのか、整理はできてなかったんだけど」

そして今も、できてはいないけれど。ただひとつだけの希望を、叶えるために。それは、私のただのわがままなのかもしれないけれど。

「……私、難しいことはわからない。でも、瑞樹が写真を辞めようとしてるのは、わかる」

過去にいろんなことがあって、続けるのが苦しくなったのかもしれない。私といることが、辞めるきっかけになったのかもしれない。

だけど、今でも瑞樹が写真を好きなことだけは、確信していた。だから、不自然なほどに手に取らなくなったんだ。中途半端は辛いから。

「……写真、辞めないでほしい」

「辞めようと思ったわけじゃないよ。ただ、今は生活していくのに美優の不安を取り除きたかっただけ」

「嘘」

「嘘じゃないよ。仕事をするのが先で、そうでないと美優、安心して今の病院辞められないでしょう。落ち着いたらまたするつもりだった」

そうだろうか。どちらにせよ、今、カメラに触れていないのはやっぱり私の為だ。確かに、生活のことを考えて、今の病院を辞めるタイミングをずっと迷っていたのは確かだ。だけど、そのために瑞樹に無理をして欲しいわけじゃないのに。それに……

「ずっとフラフラしてた俺に、すぐに安定した仕事が見つかるわけないしね。……カッコ悪いけど、そこは兄に頭を下げた」

本当に、落ち着いたら、またカメラに向き合えるのか。瑞樹の実家が、やっと家の仕事を手伝うようになった彼にそれを許すのだろうか。

結局それでは、趣味の範囲で終わってしまわないだろうか。

考えれば考えるほど、不安で申しわけなくて、罪悪感でいっぱいになる。不安は、生活の不安じゃない。彼が彼でなくなりそうな、その不安のほうがよほど大きくて、そんな気持ちがきっと全部顔に出ていたんだろう。

手で顔を包まれたままだから、逸らすこともできない。

「……それに。男として、負けたくなかった」

「負け？　誰に……」

「外科医」

言い捨てるようにそう言うと、彼はぎゅっと眉間に皺《しわ》を寄せた。どんな時も、それほど負の感情を表に見せることのない瑞樹のあからさまな表情に、驚いた。

「……克之さん？　負けるも何も」

あの人と瑞樹をどうして比べることになるのか、逆に私が説明してもらいたいくらい、驚いている。

「あの外科医はね、美優を裏切ったけど必要としてたのは本当だと思う。いつ取り返しに来るかわからないから」

「来たって、私は戻らないのに？」

「そういう問題じゃない」

確かに医師としては立派な人だが、男としては、本当にクズなことしかしてない。いざ距離を取ってみて、よくわかった。

決して思いが残っていたわけではないけれど、抜け出すに抜けられない状況にいた私をひっぱりあげてくれたのは、瑞樹だ。

心もとなさを埋めて、手を繋いでいてくれたから沈みこまずに済んだ。だから、私からすれば比べるまでもないことで。

ぽかんと間抜けな顔をしていただろうか。瑞樹がくすりと苦笑いをして、それから顔を近づけてくる。

「失恋したばかりの美優に、あまり自分の気持ちを押し付けて追い詰めたくなかったけど」

小さく鼻の頭にキスをされた。

「……美優が、好きだよ」

それは、瑞樹が初めてはっきりとした気持ちを表す言葉を口にした瞬間だった。愛おしむように私の髪を撫でる手に身を任せ、彼の優しい目を見ていると、胸が苦しいくらいに感情が込み上げる。

「苦しいのに虚勢をはって、強がりばかり言う。放っておけなくて、今手を差し伸べないといつか潰されるだろうなって確信してたよ」

「それって、同情って言わない？」

彼の気持ちは、態度やまなざしから十分受け取っていたつもりだ。これまでも。だけど、今のセリフには引っかかるものもあり、じんわりと滲《にじ》んだ涙の気配を、すんと鼻を鳴らして散らした。

人の想いは、複雑だ。思う通りにならないことを、思い知った後だ。彼が抱いた感情が、本当に恋や愛だと誰が言いきれるのか。

だけど、続く迷いのない瑞樹の言葉と目に、その不安は吹き飛んだ。

「そうかな？　だけど俺が助けたいって感情を持てたのは、美優だけだ。確かに、最初に心に残ったきっかけは同情だったかもしれないけど、俺にとっては特別な感情だった。この先ずっと、美優を助けるのは俺じゃなければ嫌だ。それは、愛や恋とは違うもの？」

その質問に、正しく答えられる人間は、きっといない。想いは言葉で言い表せるものだけではなくて、きっとそれぞれに形が違う。

だから、間違っていない。

「これが恋じゃないと言われたら、俺はきっと、一生それを知らないままだ」

私のこの気持ちも、間違ってない。

「……私も、瑞樹が好き」

髪を撫でていた手が私の頬を包んで、私はその手に自分の手を重ねて目を閉じた。瑞樹の手が、あまりにも温かくて、嬉しくて涙が出そうだった。

「踏み出す勇気がなくて、瑞樹がここまでしてくれているのに。言うのが遅くなって、ごめん。でもね」

瑞樹の過去を知った時。あの時の気持ちをなんて言えばいいのだろう。すっと目の前の霞《かすみ》が晴れた、そんな気持ち。

「瑞樹が、私のために何かを犠牲にしたのかもしれない。そう思った時に、背筋がしゃんと伸びた気がした。守られるだけじゃない、私だってちゃんと守れる、そう思った」

私の告白を、瑞樹はどんな顔で聞いてくれている？

どきどきしながら、ほんの少しの恐れもありながら、ゆっくりと閉じていた瞼《まぶた》を上げる。彼の目は、本当に綺麗だ。くっきりとした瞼《まぶた》の形、縁取る睫毛《まつげ》の長さ。薄い茶色の瞳は、とても澄んでいる。

この目が、いつも綺麗なものを写しているのだと思うと、それを失うようなことはさせたくない。

「瑞樹が好き」

もう一度、はっきりとそう言った時、瑞樹の目はまるで眩《まぶ》しさを和《やわ》らげるように、細められた。

「知ってる」

短い返事と同時に、両手が私の背中へとまわり、ぎゅっと強く抱きすくめられる。私の首筋に瑞樹は顔を埋めてしまい、表情は見えなくなった。けれど、私の首筋を擽《くすぐ》る吐息の熱が、彼の気持ちを表してくれている気がした。

「やっと聞けた」

「うん」

瑞樹が一緒に生きようと言ってくれたから、踏み出すことができた。

「待っててくれて、ありがと」

私も瑞樹の首筋に顔を擂り寄せた。瑞樹の肌の香りに、ほっとする。やっと気持ちを口にできた、そのことにも安堵《あんど》して力が抜けた。

抱擁《ほうよう》が少し緩んで、ふたりの身体にわずかな隙間ができる。私の顔を覗《のぞ》き込んで、瑞樹が優しいキスを耳朶《みみたぶ》や頬にしてくれた。

吐息で擽《くすぐ》るくらいの優しさに、ふるりと身体が震える。瑞樹の両手が私の顔をそっと持ち上げ上向かせ、熱い吐息のすぐ後で深く唇が重ねられた。

どちらからともなく唇を開いて、瑞樹の舌が私の口内に入り込む。舌を絡ませ、上顎《うわあご》を擽《くすぐ》って、そうやって粘膜を甘く刺激されるたび、私は無意識にぴくぴくと反応してしまう。

息苦しさに瑞樹のシャツをぎゅっと握りしめた。すると、少しだけキスを浅くしてくれた。唇の柔肌を軽く触れ合わせたまま、舌を差し出して舐め合う。目を閉じて、その行為に夢中になっていると、瑞樹の手が私の身体をゆっくりと撫で始める。

腰を掴んでソファに座る瑞樹の膝の上に跨《また》がるように誘導された。心臓の鼓動が速くなる。

初めて瑞樹に身体を触られる予感に、恥ずかしくて、キスが止められない。シャツの裾から瑞樹の手が入り込み、指先が肌を摩《さす》った。その一瞬だけ、絡む舌が静かになる。

わずかな仕草同士の、些細《ささい》なタイミングだったが、それが私の意思を確認しているように思えて。

「……やめないで」

そう言って薄く目を開けると、瑞樹の目がすぐ目の前にある。

「やめない」

瑞樹は薄く笑って、突然に手の動きを大胆にした。

「俺が、どれだけ我慢してたと思ってるの」

両手がシャツの中で上半身の肌を撫で上げる。指先でブラをひっかけ引き下げた。シャツの中で胸の先が布で擦れて、カップから零れ出たのを感じた。

「ふ……ん……」

大きな手が、両方の胸を包むように持ち上げて、先端に指の腹があてられる。優しく円を描くように撫でられると、背筋がぞわぞわとして吐息が零れた。

「声、聞きたい」

「……や」

「聞かせて」

いやいやと頭を振ると、「お願い」と言って下唇を甘く噛まれる。胸の先は絶えず優しく撫でられていて、緩い刺激を与え続けられ、今にも喘《あえ》いでしまいそうで。

胸の先を撫でられる感覚が、ころころとしたものに変わって、立ち上がってきていることに気がついた。指先は相変わらず優しい刺激しか送ってこない。もどかしいような気持ちにもなってきて、それを誤魔化すように身をよじって喉を反らせた。

すると、その喉にキスが移動し、軽く啄《ついば》みながら鎖骨の近くまで下りていく。ふっと胸元が涼しくなったと思うと、シャツが瑞樹の片手でたくし上げられていた。

「あ……」

「少し、反らせて」

言いながら、彼は空いた手で私の腰を強く抱き寄せ、私は勝手に胸を差し出すように背筋を反らせてしまう。

目線を下ろして、見てしまった。いつもより少し濃い桃色に染まった胸の先が、誘うように立ち上がっていて。瑞樹の綺麗な唇に、捕らえられてしまう瞬間を。

「あああん」

視覚からの刺激もあってか、たったそれだけであられもない喘《あえ》ぎ声を漏らした。しかも一度、零れてしまえばもう我慢するのは困難だ。

「あ。あ、あんっ、ふあ」

ちゅくちゅくと吸われしゃぶられる。瑞樹が口の中に咥《くわ》えたまま、舌を動かして先端を舐め上げている。

「瑞樹、瑞樹……あああっ」

カリッと先を甘噛みされて、身をよじりながら喘《あえ》ぐと、やっと瑞樹の唇が解放してくれた。

「……かわいい」

彼がぽつりと呟いた。直後ふっと息を吹きかけられて、濡れた胸がひんやりとする。その周辺に彼は何度かキスをすると、今度はもう片方の胸を標的にした。

頭が、沸騰《ふっとう》しそうに熱い。息が荒くなって、手に力が入らなくなっていく。寂しくなった胸のほうへ、瑞樹の指先が触れた。彼の唾液《だえき》でぬるぬると濡れて滑り、それがまた官能を呼ぶ。

両方の胸を舌と指で弄《もてあそ》ばれて、勝手に腰が揺らいでしまう。まるでねだってしまっているようで、恥ずかしいのに止まらない。

「み、瑞樹……んん」

胸の先にキスをして、また指先に引き継ぐと、ぬるぬると両方を捏《こ》ねられた。軽く引っ張られるようにされると、上半身が前に傾《かし》いで瑞樹にもたれかかってしまう。

「きもちいい？」

耳元に唇を寄せ、彼が囁《ささや》く。ひとつだけではあるけれど、年下のはずなのに。なんだかとても、生意気だ。

「もっと触っていたい」

「んんんっ、も、力が……入らない……」

「そう？　じゃあ」

胸の先を弄《いじ》られたまま。耳朶《みみたぶ》にぬるりと柔らかな舌が触れた。耳の縁を舐め上がり、唇に挟まれ耳の裏側までしゃぶられて。

「じゃあ、ベッドにいくよ」

ああ。頭の中が、どろどろに溶けてしまっている。

抱き上げられて、寝室のベッドに運ばれてから衣服はすぐにはぎとられてしまった。彼もシャツを脱いで上半身裸になって、そこからは穏やかだった彼とは思えないほど、激しいキスに溺れさせられる。

寝室の中は、湿気た空気が肌に纏《まと》わりつくようだった。余りの息苦しさに顔を背けるたび、首筋を手のひらが支えて無理やり上向かされる。唇を合わせながら瑞樹の指が繊細に私の肌を這い、そのたびに跳ねそうになる私の身体を瑞樹の重みが抑えこむ。

「……美優。美優」

熱に浮かされた声で名前を呼ばれると、酷く切ない衝動がこみ上げる。哀しくないのに、嬉しいのに、涙がじわりと滲《にじ》んだ。

潤む私の瞼《まぶた》を、瑞樹の舌が這う。私の目が虚《うつ》ろになると、それは耳から首筋、鎖骨と辿《たど》り、下へ、下へとおりていく。

「あっ……や……んんっ……」

また、胸の先を吸われた。ここへ移動している間に少しだけ収まっていた甘い疼《うず》きが、ふたたび私の身体を喜ばせる。

熱い。自分の身体も、肌に触れる舌も吐息も熱くて、喘《あえ》ぎ声が抑えられない。その甘さが恥ずかしくて仕方なくて、手の甲を噛んで耐えた。その腕の内側に、瑞樹の指が触れる。伝い這い上がる感触に、ふるりと震える。手の甲を噛む私の唇との隙間に指が差し込まれ、引きはがされた。

「塞《ふさ》いじゃ、ダメだって」

両方の手首を片手で捉えて、また唇が私を酔わせる。もう片方の手が私の全身を撫でていて、唇はキスの跡を残しながら徐々に腹部へと移っていく。

絶え間ない愛撫に、立てた膝の力が抜ける。流れるような動作で割り開かれて、気がつけば足の間に彼がいた。

「あ……あ……」

両手は彼の片手に捕まったままだ。それほど強い力でもないのに、私のほうに振りほどくだけの力もないし気力もない。

恥骨の上に、軽くキスがひとつ。その間に、瑞樹のもう片方の手が秘所に近づいていて、指先がすっと割れ目の上をなぞった。

「……嬉しい。感じてくれてる」

そのひと言で、羞恥心《しゅうちしん》が臨界点《りんかいてん》に達したようで。ぎゅっと目を閉じてしまう。瑞樹の指先は、優しいのに容赦《ようしゃ》がない。二本の指で器用に割り開くと、そこに熱い吐息を感じた。続いて、蜜口に柔らかなものが触れる。

舌だ、と気づいた時には、襞《ひだ》を辿《たど》って割れ目の先まで舐められた。

「ああああ」

ぴちゃぴちゃと音が鳴るのは、彼の唾液《だえき》なのかそれとも私のものだろうか。私の声が上がるたび、瑞樹はそこばかりを攻めて鳴かせた。

襞《ひだ》の内側を舐めて上がって、割れ目の先の、膨らんだ花芽に舌先が触れる。そのたび、びくびくと腰が跳ねて、いつのまにかねだるように持ち上げていた。手が行き所を探して、最終的にはベッドのシーツをうしろ手に掴む。そういえば、気づかないうちに両手は自由になっていたけれど、もう口元を覆って声を抑えるような余裕もなかった。

両足の付け根を、彼の大きな手がしっかりと掴んでいて、その親指が花芽の近くを左右に開く。ただでさえ敏感なそこが、皮がむけて隠されていた芽が空気に触れた。ぴりりとした疼《うず》きが、怖いからか期待しているからなのかは、自分でもわからない。

花芽の上を濡れた舌が掠めて、またひくっと足が跳ねた。

「かわいい……ふるふるしてる」

「やっ……やだあ、ばかぁ」

恥ずかしいことを言わないで。涙声で抗議をすれば「ごめんね」と足の間で瑞樹が言った。ああいう言い方の時の瑞樹の「ごめんね」は、あまり意味がない。

また「ばか」と言おうとしたら、狙ったように花芽に唇で吸い付かれて私は鳴いた。

「ひあああああっ」

びくびくびく、と大きく痙攣《けいれん》をした。彼の唇は私のその小さな器官を捉えたまま、くちゅくちゅと音を立てる。軽く吸い上げ、口の中でゆるゆると舌が動いていた。舌先で花芽を転がし、唇で扱《しご》く。

意味を成さない喘《あえ》ぎ声しか出せない状況で、蜜壺に指先が入り込んでくる。膣壁を確かめるようにして、二本の指が蠢《うごめ》いていて。ある一点で、私の身体が跳ねた。

「ひ、あ、だめ、そこっ……両方、やあっ」

だめだというのに、一向にやめてくれない。それどころか、一層そこばかりを指で擦り上げられて、過ぎた快感から逃げようと腰が揺れても、唇は花芽から離れない。

「あああああああ！」

頭の中が、真っ白になって、溶けていく。ぎゅっと膣壁が強く彼の指を食い締めていた。

「あ……あん、あんっ……」

長い快感の余韻《よいん》の間も、瑞樹の指はゆっくりと膣の中を揉み解《ほぐ》している。身体の力が抜けた頃、花芽がやっと瑞樹の唇から解放される。けれど、宥《なだ》めるように優しく周囲を舐められて、また中心を時々掠め緩い刺激が後を引く。

「み、みずきっ……」

疼《うず》きが苦しい。これをどうにかできるのは、瑞樹だけだ。縋《すが》るように名前を呼ぶ。

「ん、もっと？　いいよ」

優しい声がそう言って、私の希望に沿っているようなことを言う。

もっと……もっと？　欲しいのは、その通り、だけど。

「ん、んんん」

とろんと溶けた頭では、まともな答えは出ない。ふたたび花芽を弄《いじ》られる。尖《とが》らせた舌先で舐めまわされて、声がかすれるまでイかされた。


「……お願い、もうだめ、早くっ……」

そう言って音を上げた頃には、ふたりとも汗だくで、私の足はびくびくと痙攣《けいれん》をしていた。くちゅりと指が引き抜かれ、彼がいつ用意したのか、枕元に置いてある小さな避妊具に手を伸ばす。

薄いゴムの膜を、腹に付くほど反り立った自分自身に器用に被せた。

そうして、うっとりとした目で私の全身を見つめる。

「……体中、桜色だ」

熱を孕《はら》んだ彼の目に、じゅんと下腹部が潤うのがわかった。そこに固く熱い熱を感じる。肌を撫でる両手の指先が、胸元からお腹へ辿《たど》って下りたかと思うと、急に腰を掴まれた。

「あぁっ……！」

熱が私を押し開く。一番奥深くで、瑞樹は動きを止めた。私のしなる背に手を回し、腰とベッドの隙間に両腕を差し入れて、強く上半身を抱きしめる。その感触を確かめるように、彼はしばらく動かなかった。

ひくひくと疼《うず》く下腹部。手や足の先まで快感で甘く痺《しび》れて思考回路も蕩《とろ》けてしまい、余り役に立たないけれど。強く抱きしめられて、瑞樹の顔も見えなくて、ようよう掠れた声を出した。

「……瑞樹？」

「ん……嬉しくて」

首筋でくぐもった瑞樹の声を聞く。互いの温もりを分け合うようにぴったりと肌を重ねて、息遣いを確かめた。

「美優は、俺の」

「うん」

「だから、俺が守る」

一層強くなる腕に余計に腰を密着させられて、下腹部が痺《しび》れる。溢れる幸福感が、より身体の感覚を敏感にし、今にも弾《はじ》けてしまいそうだった。

「そう思えたことが、幸せだった。初めてだったんだ」

「あぁっ！」

私を抱きしめたまま、彼が身体を揺らして腰を押し付ける。奥を強く突かれて、チカチカと視界に星が飛んだ。

快感に流されそうになる意識をどうにか引き留めて、瑞樹のさらさらの髪を撫でる。まるで自分を奮い立たせるような、そんな空気を感じてほっとけなかった。

「……大丈夫」

後頭部の髪を撫で、首筋から背中へと指を滑らせる。広い背中が、小さく跳ねて反応した。

「瑞樹が、たくさん守ってくれた。だから、私も強くなれる」

多分、強くなれているといいな。

私の上で深い溜息と共に力の抜けた上半身に、ずしりと重みを感る。その重みを、両腕の中に抱きしめた。

「瑞樹、好き」

その途端、彼の腰が動いて身体の中の熱が急に質量を増した気がする。「ふぁっ」と甘さを含んだ喘《あえ》ぎが漏れて、堪《こら》え切れずに指先が背中を掻いた。

「ごめん」

瑞樹の深く長い吐息が、耳のすぐ裏で聞こえた。顔を少し傾げて、私の耳に彼の唇が触れたのがわかる。

「……あんま、煽《あお》んないで。もう知らないよ」

小さく耳の縁にキスをされ、それから彼が腰を使い始めた。ゆっくり、けれど力強く奥に押し付け、膣壁を擦り上げる。

「ふ、ああ、んんんっ」

目を閉じて、与えられる愉悦《ゆえつ》に溺れる。繋がる場所から蜜が溢れて、恥ずかしいほどの水音が聞こえてきた。

緩やかな腰使いは、自分の中で瑞樹の形をはっきりと感じることができる。甘くて優しい愉悦《ゆえつ》が、身体の中を満たしていく。

「ふあああ……」

蜜壺の中が、疼《うず》いて溶けて、痺《しび》れる。

「あん、あん、あああ」

「すごく、蕩《とろ》けてる。気持ちいい？」

とん、とんと優しく奥を突きながら、瑞樹の手が私の頬を撫でている。目を開けば、視界いっぱいに瑞樹がいるけれど、ぼやけてしまってろくな返事ができない。

「……はあ、本当、可愛い。……でも、ちょっと、ごめんね」

瑞樹の呟きは私の耳に届いてはいても、無意味だった。理解する前に、頭の中で消えてしまう。

瑞樹の手が、私の両足を持ち上げて肩にひっかける。膝がつくほど身体を折りたたまれると、瑞樹が腰を楔《くさび》が抜けるぎりぎりまで引き、それから一息に奥まで打ち付けた。

「ひっ、あ！」

お腹の奥から頭の中まで、電流のような強い刺激が流れる。これまで誰も迎え入れたことがないと思うくらいに、深い場所に、瑞樹が届いていた。

これまでの緩やかな動きはなんだったのかと思うほど、真上から深く何度も突き入れられる。ガンガンと頭に響いて、喘《あえ》ぎは悲鳴紛《まが》いのものに変わった。

「ひんっ、あうっ！　ああ、ひあああ」

「美優、美優っ……」

余裕のない声で名前を呼ばれて、苦しいのに愛おしい。下腹部に溜まった愉悦《ゆえつ》が、今にも弾《はじ》けて溢れそうで、彼を迎え入れている襞《ひだ》がひくひくと戦慄《わなな》いた。

だめ、いく、苦しい、気持ちいい、いく。

そんなようなことを、喘《あえ》ぎの合間にうわごとみたいに繰り返す。

「くっ……！」

苦しげに、そう喉を鳴らしたのは、瑞樹だった。ずんと私の最奥を突き、そこで彼の熱が大きく膨れて、それが私の快感を押し上げた。

「あ、ああ、あああああっ！」

痙攣《けいれん》して腰が揺れるも、瑞樹に強くのしかかられていて快感を逃せない。最奥で、彼の熱がびくびくと震えていて、欲望を吐き出しているのがわかる。

「は、あああ……」

快感の余韻《よいん》に身を投げ出しながら、私は瑞樹の首筋に両腕を絡めた。まだ、すぐには離れて欲しくなくて。

もっと、瑞樹の熱を感じていたい。私の熱を、感じて欲しい。この快感を、共有したい。

繋がったままそうしていると、瑞樹が私の汗を拭うようにこめかみや額《ひたい》に唇をあてる。唇の感触にうっとりとされるがままに受け入れる。唇にキスが辿《たど》り着いて、何度も何度も浅いキスを繰り返していると、あいまに瑞樹が熱い吐息を漏らす。

……あれ？

さっき、欲望を吐き出したはずなのだが。私の中にいまだいる彼自身が、また固く芯を持ち始める。

「……瑞樹？」

「ん、ちょっと待って」

上半身を起き上がらせて、ずるりと私の中から抜け出した。それでほっとしたのだけれど、どうやら間違いだった。すぐに新しい避妊具に付け替えて、彼はまた私に覆いかぶさったのだ。

「ごめん、ちょっと止まらない」

「え、まって、ちょっとだけっ……」

私だって、やっと気持ちを伝えての夜を迎えたのだ。もう一回、というのも吝《やぶさ》かではないのだが……休憩は、欲しい。というか、すぐさま復活するものなの？

驚いて瑞樹の身体を両手で押し返そうとしたけれど。

「ごめんね」

いつもの笑顔とそのひと言で、きゅんと身体が行為の余韻《よいん》を連れてくる。ひるんだその隙に、ふたたび私の中は彼に蹂躙《じゅうりん》された。

「ん……はあっ」

「ああ、すごく、気持ちいい、ね」

掠れた声で、またゆっくりとした動きで私の中をかき混ぜる。とろとろとした蜜の中へ沈んでいくような感覚に、私はまた溺れた。

吐息と、唾液《だえき》と、体温と。愛の言葉と、情欲。互いの全部を差し出して、分け与え合う。この行為が、こんなにも愛しいものだと初めて知った。

どれだけの時間、抱き合っていたんだろう。途中、眠ってしまったのか、それとも行為に没頭してしまっていただけか。ところどころ、記憶が曖昧《あいまい》だ。

瑞樹の身体に身を委ねて、甘えるように頬を摺り寄せながら、夢うつつの会話を覚えている。

「瑞樹……写真、辞めたりしないで」

すっかり掠れてしまった声しか出なかった。

「ねえ、聞いてる？」

「聞いてるよ」

「瑞樹の写真、好き。夢中になってる瑞樹も好きだから」

私がそう言うと、ずっと髪を撫でてくれていた手が止まる。きゅうっと頭を胸に抱え込まれた。

「ありがとう、美優」

瑞樹の声が、少し震えていたような気がした。

第十一話　恋の代償　――瑞樹――

俺は所謂《いわゆる》、人間のクズだったろう。旧家の生まれといっても、上には長兄、次兄と優秀なのが揃ったので比較的甘やかされて自由な身だった。

甘えん坊の末っ子気質で、加えて世間知らずだったと言っていい。

それでもいずれは銀行の何がしかの部署を任されるのであろうから、言われるままに経営法学部に入ったものの。高校の頃に始めた写真ばかりに夢中で講義なんかまともに受けていなくて、卒業できるかどうかもギリギリの状況だった。

それらの背景もあり、受賞した時の騒ぎは家長である祖父の怒りを買った。行動を制限され、卒業後の身の振り方はもちろん銀行で兄の下につく。

……予定になってた。

そんなもん全部知らんふりして、かろうじて卒業した日にカメラだけ持って家を出た。そこからは、誰だって想像できるだろう。世間知らずで甘やかされ金に苦労したことのない人間が、まともな生活など送れるはずがない。

すぐに食うに困って寝床もままならなくなった。

初めて経験したバイトは日雇いだった。高校時代の写真部で知り合った男の紹介だったその仕事は、短期間のみの画廊の個展の準備で、個人的に興味も持てたし綺麗な仕事でラッキーだったと思う。

上手く気に入られて、時々世話になることができた。

そういうことだけは、昔から得意だ。俺はなんというか、感情の色とか緩急に反応するアンテナが、人よりも敏感らしい。

それが幸いしたというか、災いしたというか。

俺は人に頼って生きることを、覚えた。

男女問わず、親しくなっては寝場所を借りる。食わせてもらう。親しくなりすぎた年上の女性が、俺のためにアパートの保証人になってくれたこともあった。だけど結局、それほど長くは居つかなかった。

そんな風に人の手ばかり借りて煩《わずら》わしいことは何もかも放棄して、写真ばかり撮ってきたけれど、結果はあの受賞以降、まったくふるわなかった。

何を撮っても何かが足りない。写真を撮り続けることも苦しくて、自分が何のためにフラフラと日本中歩き回っているのか、その意味や価値を考え始めて、先行きが見えない。

ネットで散々こき下ろされた、あんな悪意だらけの言葉を気にしたことなどなかったが。いざ、自分の能力のなさを自覚すると、思い出して身につまされる。限界を感じる。

美優に出会ったのは、そんな時だった。

はっと目が覚めて、すぐにやったことといえば腕の中の温もりを確かめることだった。美優に出会う前の夢を見ていて、その後の出来事が逆に夢のように感じてしまったからかもしれない。

「んん……」

もぞ、と腕の中で黒髪の頭が動いた。抱きしめたままではつむじしか見えなくて、顎《あご》に手を添え静かに上向かせる。

無防備な寝顔は、確かに美優のものでほっとした。決まっている、昨夜、ようやく彼女を抱いたのだ。美優以外にいない。

軽く開いた唇が可愛らしくて、親指で軽く撫でるとくすぐったいのか尖《とが》らせて突き出してきた。

「……もう、ずるいくらい可愛いな」

ひとつ年上のはずなのに、時々、庇護欲《ひごよく》をそそられる可愛らしさを発揮する。決して年齢より幼く見えるというわけでもないし、しっかりしている一面もあるのだが。

一生懸命、足を踏ん張って立っている、そんなイメージだった。出会ったばかりの頃の彼女は、笑ってはいてもどこか痛々しくて、恋人がいるとは言っていたけれど幸せとは程遠いように見えた。手を差し伸べたくなる人だった。同情だったのかと言われれば、それを否定はできないし、共依存と言われればそうかもしれない。

だけど、俺が傍にいなければと思ったのは彼女だけで、暫定《ざんてい》同情の先にある笑顔を自分だけのものにしたいと思ったことも、初めてだった。

彼女を助けると決めたその時に、これが恋だと自覚した。

このマンションを離れようと思ったあの日の彼女の姿を思い出す。置手紙をして玄関を出て、すぐ。通路の先で、彼女は立ち尽くしてこちらを見ていた。

あんなに、早く出て行くようにと言っていたのに、どうしようもなく途方に暮れた顔をして。

運命、とでもいうのだろうか。その時は漠然と、縁のようなものを感じた。理屈ではなく、今はこの人の傍を離れてはいけないと、そんな衝動に駆られて写真を撮りに行こうとしたのだと嘘をついた。

その時の、彼女の崩れた笑顔が、脳裏にこびりついて離れない。それからも、強がりばかりで何が辛いのかも話さないくせに、どんどんと痩せていく姿も。

『助けて、ポチ』

電話越しに聞いた声も。もう二度と、あんな姿にはさせない、あんな声で助けを呼ぶようなことにはさせない。

今腕の中にある無防備な寝顔を見れば、なおのことその思いは強くなる。

起こさないように、その唇に静かにキスをした。触れ合わせるだけで離れると、彼女の寝顔がふにゃりと微笑みに変わった。

守らなければならない。あの男にはもう二度と会わせたくないし……泣き顔も見たくない。泣かせたくない。

翌日、美優は残った有給の申請をした。退職は前に伝えてあったが、その時も特に引き留められることもなかったらしい。あちらのほうでも、院長の孫娘に睨《にら》まれた職員を持て余していたのだろう。有給申請をすれば残りの出勤日も減らせるかも、と美優が積極的に届け出て、すぐにそれは認められた。残り十日ほどの勤務後、有給を消化して月末の退職。

ずっと勤めていた病院だ。さすがに、その時は寂しそうな顔をするだろうかと、よく表情を見ていたけれど、案外さっぱりしていた。何か吹っ切れたような顔で「瑞樹と一緒に生きていくんだって思ったら、なんか背筋が伸びるのよね」とからかうような笑みを浮かべる。

頼りないってことだろうなと思いつつ、彼女がそれで前を向けるのならいいような気がした。

病院さえ辞めたらそんなに遠くまで引っ越す必要はない。それなら、今、俺が働いている支店から通えるところで、どこかマンションを借りて引っ越そうということになり、今はふたりで引っ越し先を探している。

仕事は銀行の支店で、金融商品の営業として配属されている。すぐに役立つはずもなく、アシスタントからのスタートだった。当然だ、ずっとカメラしか触ってこなかった人間が、いきなりできることでもない。

創設者一族であることは一般の銀行員には伏せてあるので、突然採用された俺への風当たりは強かった。が、あまりそういうことが堪《こた》えるほうでもないので、苦にはならない。

そんなことはある程度覚悟の上で、本店頭取を務める長兄に頭を下げて雇ってもらったのだ。すぐに力が欲しかった。あの頃、ちっとも美優が幸せには見えなかったから。どんな事情か、詳しく聞いたのは彼女が助けを求めてくれたあの夜になってからだ。それまではただ、相手の男が少しも彼女を大切にしていないということだけは、確証を持っていた。

俺なんかより、よっぽど立派な大人の男。そんな男から彼女の心を奪おうと思ったら、自分にも相応の力が必要だった。痩せた彼女を思えば、それほど時間もかけられない。


「写真は辞める。それが条件だったはずだが」

兄に連絡を取り、時間を作ってもらった。本店近くまで足を延ばし、馴染みの料亭で落ち合う。兄は、渋面《じゅうめん》を隠しもしなかったが、絶対に許さないという空気でもない。

写真は辞める。それが、就職先を宛てがう条件だった。

「兄さんに世話してもらったのに、いい加減なことをするつもりはない。貢献できるようになるまでは、カメラには触らない。……でも、将来的に許される道筋は、欲しい」

甘いことを言っているのは、よく理解している。これまで散々、好き勝手に生きてきた。それが許されたのは、兄ふたりが優秀であり家業を己の責任として受け入れてくれていたからだ。

頭を下げて戻ってきただけでなく、たったひとつの条件すら反故《ほご》にしようとしている。

――写真を辞めたりしないで。

美優を守れるようになるために、必要なら仕方ないと思って決めたことだった。それを間違ったとは少しも思っていなかったけれど……彼女はきっと、知れば泣いてしまいそうだ。自分のせいだと、責めてしまう。

辞めてない、と今嘘をつくのは簡単だ。だけど、この先もずっと彼女と生きていくなら、そうはいかない。

守ると決めた俺が、泣かせるわけにはいかない。つくづく、誰かを守るという意味の深さを、思い知らされた。

ただ生活を守るというだけでは意味がない。あの男から守るだけでもいけない。彼女の心を守らなくてはいけない。

「……美優さんと言ったか」

「彼女は関係ない。俺が、捨てるに捨てられなかっただけです」

頬杖をついてこちらを睨む兄に、そんな戯言《たわごと》が通じるとも思わなかったが、美優のせいにはできない。

顔には出さないようにそう言ったが、兄は溜息をひとつ落とした。

「別に、その女性と別れさせようとは思っていない」

そんなことは、当たり前だ。兄の言葉が本当かどうか、見極めようとしてそれに気づかれたらしい。俺の視線をまるで煩《わずら》わしいものを右手で振り払うようにして、それから顔を顰《しか》めた。

「根無し草だったお前を、やっと繋ぎとめることのできた女性だ。それだけでも僥倖《ぎょうこう》だ。無理やり別れさせて、またふらふらされるよりはよほどいい。元から、お前に政略結婚なんて期待はしていないしな」

どうやら、その言葉に嘘はないようだ。

「理解ある嫁さんがもらえそうで良かったじゃないか。それに、わざわざ俺に許しをもらいにくると言うことは、自分の将来に自信があるんだろう？」

はっきりと返事をするには、今の自分自身に根拠も説得力もなくて沈黙で答えた。

根拠はない。確実とも言えない。だけど、勘のようなものがあった。昔、あの空の写真を撮った時のような、神経が研ぎ澄まされていくような感覚。

いつか、あの時と同じような、見逃せない瞬間に出会える気がしていた。ただの、思い過ごしかもしれないが。ただ、なんとなくではあるが、美優に出会って自分自身も何か変わったせいじゃないだろうかと思っている。

「写真のことは、好きにすればいい。大事なものができたようだからな。何が大切かわかっているから、俺に頭を下げにこれたんだろう。そういうのは嫌いじゃない」

過去をなかったことにはできない。こんな風に言いながらも、兄は俺を試すつもりなのだろう。優しくも思える言葉をまともに受け取って、この先また以前のようになれば、今度こそ本條家から切り離すつもりだ。

俺ひとりなら、それでもかまわなかったが。

「失望はさせません。兄さん達にも、美優さんにも」

ひとりでいることよりも、美優とふたりを選んだ。彼女に、自分のせいですべて捨てさせたと思わせるわけにはいかない。

生き方を変えることがこの恋の代償なら、すべて受け入れるととうに決めていた。

しばらく、視線を合わせた後、兄がふっと目元を緩める。

「守るものがあれば変わるというのは、お前みたいなのを言うんだろうな」

「そうだ、兄さん。一度だけ、個人的な理由で本條の名前を使うことを許してください」

途端、図々しいことを言った俺に、その顔はすぐに渋いものに戻ったのだが。


美優の退職が決まってから、俺は宮下克之に連絡を取っていた。約束のその日、仕事が終わってから家に帰る前に病院のすぐ傍に建っている背の高いマンションを訪れる。ここに来たのは、美優の荷物を急いで取りにきたあの日以来だ。

医者だし、美優も彼は忙しい人だと言っていたが、彼のほうもきっと俺と話したいと思っていたはずだ。俺の帰宅時間に合わせて、彼に約束を取り付けることができた。

「……美優は？」

玄関のドアが開いて俺の左右背後に視線を走らせ、険しい目で俺を睨む。

何を言ってるんだ、とこちらは無表情で返した。

「家で俺の帰りを待ってます。連れてくるわけないでしょう」

俺から会いたいと言ったのだが、美優と三人で話がしたいという意味に取られていたのだろうか。二度と会うことがないように、そのためにここに来たというのに、彼女を連れてくるわけがない。

そもそも今日のことは、彼女は何も知らない。

「……入っても？」

そう言うと、彼は無言で扉を大きく開け自分はうしろに下がる。玄関から上がったのを見て、俺も中に入り込んだ。

「話は、ここで結構です。もうご存じでしょうが、美優は今日が病院での最後の勤務日でした」

すっと深く息を吸い込み、真正面から男を見据え、続けて言った。

「もう二度と、美優の前に姿を見せないでください。あなたがまだ、彼女に執着していることくらいわかってます」

明日から、彼女は家でひとりになる。俺は日中、仕事に行かなければならない。問題はこの男だった。病院勤務で忙しいとはいえ、距離は近くまったく休みがないわけではない。忙しいからこそ、平日昼間などイレギュラーな時間帯に身体が空く可能性がある。

もしも、その時に美優に近寄ろうとされたら、俺には守りようがない。

「……さあ。どうしようかな。お前の言う通り、俺はまだ美優が好きだ」

それは、本当に愛情と言えるのか。美優のほうから離れると言われたことをプライドが許さないのじゃないか。どちらにせよ反吐が出るが、愛情かどうかについて問答をするつもりはない。

「……名刺をお渡ししておきます」

スーツの内ポケットから、銀行で使っている名刺を差し出す。大手銀行の名前を見て、男の眉が一瞬ぴくりと動いた。

「……銀行員だったのか」

「貴方がこの先、病院で地位を上り詰めていくつもりなら、関わってくることになりますね。病院経営は、金がかかります。新しい医療機器や設備への投資をやめれば遅れていく一方で、それには億の金がかかる。融資は必須です」

「何が言いたい」

「銀行との付き合いは、大事にしておいたほうがいいですよ」

「は、たかがひとりの銀行員に何ができるんだ」

「俺は、この銀行の創設一族の人間です」

宮下の顔が嫌そうに歪んだ。その目に侮蔑《ぶべつ》の色も浮かぶ。

卑怯《ひきょう》で、姑息《こそく》。これまで実家になんの貢献もしていないのにこんな時だけ名前を借りるのは、恥《はじ》以外の何物でもない。

それでも、今すぐに俺に使える手段はこれしかなかった。

「みっともないな。家の名前まで持ち出して、大したもんだ」

「なんとでも。うちのような大手の銀行が融資を断ったら、他行も警戒するかもしれませんね」

銀行は他にもある。だが、院長の孫娘と婚約したとはいえ、まだその地位が盤石《ばんじゃく》ではない今のうちにそんな大口を叩けないだろうと、踏んでのことだった。

「それでも足りなければ、まだありますよ。貴方と貴方の婚約者が美優にしたことは、記録にはとってあります。嫌がらせの内容は然《さ》したるものではなくとも、醜聞《しゅうぶん》にはなる。社会的地位のある方は大変ですね、守らなければいけないものがたくさんあって」

微笑んでそう言うと、彼はくしゃっと俺の渡した名刺を握り潰す。しかし、それ以上何も言わなかった。

つまりは、そういうことなのだ。どれだけ美優への執着を見せたとしても、この男は結局自分の地位を選んで美優を選ばなかった。

「あなたは、自分が選んだ守るべきものを守ればいい。俺は美優を守る。だからもう、二度と近づくな」

彼女と他の女を天秤《てんびん》にかけた、その事実だけでも俺からすればふざけるなと言いたいけれど。その時点で、とっくに道は分かたれていたのだ。それを、無理を通そうとして美優を傷つけた。


「うわ、すごいね。美味しそう」

テーブルの上に野菜のポトフとハンバーグ、ポテトサラダに加えて、平らな耐熱トレーで焼いたかぼちゃプリン。

赤いエプロンをした美優が、得意げに笑っている。その笑顔で、恋敵《こいがたき》に実家の名前を出すしかなかった惨《みじ》めな自分が慰《なぐさ》められた。いつか、この笑顔を自分の力だけで守れるようにならなければいけない。

「あはは。張り切ってデザートまで作っちゃった」

「ごめんね、今日で最後の出勤だったのに」

宮下克之との約束は言わずに、仕事で帰りが遅くなると伝えてあった。テーブルの中央には、バスケットに入ったフラワーアレンジメントが飾ってある。きっと、最後の出勤だからと贈ってくれた人がいたんだろう。玄関の下駄箱には、花瓶に花束が入れてあった。

「綺麗だね」

「前にいた病棟の看護師仲間からとね、あと、外来の看護師さんも代表でくれた。まなみさんに知られないように、こっそりだったけど」

「美優が、これまで仕事に誠実に頑張ってきた証拠だよ。見ててくれる人は、ちゃんと見てる」

美優は、いつだって精一杯、仕事に向き合ってやってきていた。それを、知ってくれている人がいるのだと思うと、俺も嬉しい。

俺が笑うと、彼女もくしゃりと少しだけ涙を滲《にじ》ませながら笑った。

「ごはんは瑞樹にかなわないけど、お菓子なら結構いける」

「ごはんも美味しいって」

美優に、駅前のスーパーで買って来たシャンパンを手提げの袋に入ったままで渡す。

「お祝いに。飲もう」

「えっ、嬉しい！　ありがとう」

美優にとっては、少し苦い再出発だ。けれどそれでも、門出には違いない。彼女の笑顔が曇ったままにならないように、その表情を確認したくて手を伸ばし、頬にかかっていた髪を避けて耳にかける。

心配ないと言うように彼女が俺のスーツの胸元を小さな拳でぽんと叩いた。思わず、その頭を抱き寄せてしまう。

「明日は、俺がごはん作るね」

「いいの？　まぁ、瑞樹のほうがやっぱり上手だもんね」

「そんなことないよ。でも俺、作るの好きだし」

というか、食べた時の美優の表情が、無防備で無邪気で可愛い。

美優の作った夕食とシャンパンで、ささやかに祝った。食事の後、ふたりでソファに座る。ソファの前のローテーブルには、かぼちゃプリンをよそった小さいガラスの器がふたつ。美優がテレビの番組表でホラー映画のタイトルを見つけて、それを選んだ。

「やっ、やっ……今の悲鳴、何？　どうなった？」

「えっとね、主人公の足元から天井にアングルが向いたら、そこに人が逆さに」

「いやー！　やだやだやだ」

自分でそれが観たいと言った割に、ほとんどの恐怖シーンでテレビを直視できず、手で目を覆っている。その様子を見て、くすくすと笑ってしまう。

「そんなに怖い？　ホラーはやっぱり邦画が怖いと思うけどなあ」

「ダメダメダメお化けは怖い」

「じゃあチャンネル変える？」

「…………、気になるからもうちょっと見る」

怖いもの見たさというやつか。一度見始めたら、気になるらしい。

「スプラッタ系なら、割と平気なんだけどな」

「……さすが看護師。俺そっちのほうが無理かも」

「ひゃっ、ちょ、今の悲鳴は？」

「わかんない。振り向いて女の人が悲鳴上げるアップの後、今ＣＭ」

どこかの消費者金融のキャッチコピーが女の人の声で聞こえて、それでようやく気が抜けたのか、美優は目をふさいでいた手を下ろした。余りにもくっつき過ぎの体勢に、彼女は上半身を少し起こそうとしたけれど。

「音だけ聞いてるほうが逆に怖いと思うけど」

手を背中から回して、片腕で彼女の肩を抱き寄せる。自然と近づく唇の距離は、互いに心を許してる証《あかし》のようで一方的にするよりも好きだ。

どちらかだけの気持ちではなく、俺達は求め合っているのだと思えるから。

唇を微《かす》かに触れる距離で擽《くすぐ》り合って、少し傾げて合わせると舌先が触れ合った。彼女の甘い声がわずかに漏れる。ぞく、と腰から湧き上がる衝動に、ついキスを深いものにしてしまう。

「ん……始まったよ」

夢中になって口づけて、気づいたらコマーシャルなんか終わってしまっていた。

「美優は、音だけでいいんでしょ？」

キスがやむ気配は互いになかった。背中に回した手で細い腰を撫でて、指先に力を加えると彼女の身体は小さく跳ねる。夢中になっていると次第に息も上がって、彼女の身体から力が抜けていく。

「……ん」

傾《かし》いでいく身体を支えてゆったりとした動きで覆いかぶさる。彼女の瞼《まぶた》が薄く開いて、濡れた瞳と視線が絡まる。

熱を孕《はら》んだ視線が絡む。続く舌先同士の愛撫。甘い声がキスの隙間から零れ、急速に膨れ上がる衝動から強く腰を押し付けてしまう。

彼女の仰け反る細い首を、上から押さえつけるように深く唇を重ねた。このまま、これ以上ないくらいに、深く混じり合いたい。

そう思ったのに。

『きゃあぁあああっ!!』

ヒロインの耳を劈《つんざ》く悲鳴に驚いて身体が大きく跳ね、ふたりで顔を見合わせた。

「……今、いいとこ?」

美優が相変わらず、画面を見ずに聞いてくる。

「何が?」

「何って、映画が」

ちらりとテレビ画面へ視線を向けて、すぐに彼女へと戻す。俺には、こちらのほうが大事だ。

「……もう終わったみたいかな」

わかりきった嘘をつくと、美優は一瞬驚いたように目を見開いて、それからくしゃっと笑った。

「嘘ばっかり」

言いながら、彼女の細い腕が俺の首に回り抱き寄せられる。その瞬間、この時間が泣きたいほどの幸せに満ち溢れていて、俺は絶対に離すまいと強く彼女を抱きしめた。

――守るものができれば変わるというのは、お前みたいなのを言うんだろうな。

兄の言葉が思い出される。そのとおりだ、と今なら頷く。他の何もかもがなくなっても、彼女がいればそれでいい。

第十二話　未来の話

仕事を探すよりも先に、引っ越しをすることに決めた。確かに、病院なんてどこの街にでもあるし、瑞樹の職場に合わせて住む場所を決めて、それから就職活動をするほうが効率もいい。

瑞樹は、少しでも今の病院から遠ざかりたかったようだ。自分の職場がある駅を中心に、まったく逆方向の街を中心にマンションを探し、私もそれでいいかと思った。見に行って、繁華街から離れた住みやすそうな街で、緑の多い大きな公園があったから。

ベランダからその公園が見下ろせるマンションに決め、一か月後には引っ越す予定だ。

瑞樹の仕事は、まあ予想していた通り銀行だった。お兄さんに頭を下げて、銀行の支店に入れてもらったそうだ。

「あの時は、美優と彼氏がそこまで泥沼の状況だとは知らなかったけど、追い詰められてるのはわかってたから。美優を助けにいける人間になりたかった」

そんなことを言われてしまったら、胸がきゅうんとして何度目かの恋に落とされた。瑞樹は本当に、天然の人たらしだと思う。

「心配しなくても、写真は辞めないよ。ただ、仕事に就いたところだから余裕がなかっただけで。慣れてきたら、休日に撮りに行こうかな。ついてきてくれる？」

カメラの手入れをしながら、そう言ってくれたから、ちょっとだけほっとした。

「私が仕事決まったら、カメラに専念してもいいからね」

「うん、ありがとう。でも大抵の人は本職と両立してるから、そんなに心配しなくても大丈夫」

私と一緒にいることで、瑞樹の生き方を変えてしまったかもしれないとそればかりが気になっていたけれど。

多少変わったことは否めなくても、ふたりで生活するからこそ見えるものもあるのかもしれない。瑞樹の様子を見てそう思い、あまり考えすぎないようにすることにした。


一度身体を重ねてからは、夜は夢中になって求め合うことが多くなった。

「美優、もう少し、開いて」

私の片足を持ち上げ、爪先《つまさき》からふくらはぎ、膝、とキスで移動してきた彼は、太腿《ふともも》の内側に吸い付きながら囁《ささや》く。

どうしても、恥ずかしくてつい足に力が入りがちな私に、瑞樹が開くようにとねだってくる。ちょっと強引にしてくれたらいいのに、私に自分から開かせようとする瑞樹は意地悪だ。

少しだけ開くと左足には唇が、右足には彼の手のひらが這って進む。ちゅう、ちゅうと内腿《うちもも》に吸い付きながら、視線は私の顔を見ていた。

「うぅ……なんでこっち見るの」

「恥ずかしがってるのが可愛いから」

ふふっと笑うと、息が肌をくすぐる。その直後、いきなりだった。ああんと大きく口を開いてぱくりと秘所に、躊躇《ためら》いなく口づけた。

「ひうんっ」

くちゅりと濡れた粘膜が触れ合う。同時に瑞樹の両手が私の足を片方ずつ持ち上げ、秘所を上向かせる。陰唇にまるでディープキスでもするみたいだ。割れ目を濡れた舌で舐め上げて、襞《ひだ》を唇で挟んで吸う。じゅる、ちゅる、と聞くに堪えない音が聞こえて、私はいやいやと顔を振った。

「あっ、んっ、んんん」

口淫を続けながら、瑞樹の手が私の手を掴んで導く。右手と左手、それぞれに私自身の膝裏を掴ませた。

自分で足を持っていて、という意味だとわかってしまうことも、従ってしまうことも恥ずかしくて仕方がない。

「はあ……美優、気持ちよさそう」

「ふあっ、あ！　そのままで、喋らないでっ……」

「すごく濡れてる」

瑞樹がそこで喋るたびに、息がかかって唇が擦れる。襞《ひだ》がジンジンと疼《うず》いて熱くて、思わず腰が揺れてしまう。瑞樹の手が、足の付け根を撫でまわし、片方の手のひらが下腹にぺたりと位置を決めた。その手の親指が、割れ目の上部にある膨らんだ花芯に触れる。

「ひあああ」

蜜口は舌が舐めまわし、親指はくりくりと花芯の上で円を描いた。皮を指の腹にひっかけて、上へと擦られると固くなった花芽が覗《のぞ》き、チカチカと視界で星が飛ぶ。

「あん！　やっ！　あっ、あああっ！」

持ち上げた太腿《ふともも》が、ぶるぶると震えた。それでもお構いなしに花芽をぴんっと親指で弾《はじ》かれた瞬間。

「ひああああああっ！　ああっ！　ああっ！」

頭の中が、真っ白になった。がくがくと下腹部が戦慄《わなな》いて、汗で手が滑って太腿《ふともも》を離してしまう。それでも瑞樹の唇はそこから離れなくて、がっしりと私の下半身に腕を絡ませて腰を浮かせた状態を維持すると、音を立てて溢れる蜜を吸い上げた。

「ふあっ、あっ、あんっ……」

じゅる、ずる、と何度か吸って、最後に割れ目を下から上へぺろりと舐めてから、ようやく瑞樹は唇を離した。

かたんと音がしたのは、サイドテーブルから瑞樹が避妊具を取り出したからだろう。彼が準備をしている間、くったりとシーツに両足を投げ出した私は、快感の余韻《よいん》を引きずってぴくぴくと腰を揺らす。

「美優、大丈夫？」

うとうとし始めていた私の頬に、温かい手が触れた。目を開けると、すぐ目の前に瑞樹の顔がある。私に覆い被さって、頬を撫でて髪をかきあげ、私を眠気から呼び戻そうとしていた。

「んん……」

「まだ寝ないで。ね」

顔のあちこちにキスをしながら、私の足を片方持ち上げる。ぼんやりとした頭でも、蜜口に彼の硬い楔《くさび》があてがわれているのを感じると、きゅんと下腹部が疼《うず》いてくるのがわかった。

「ん……ぎゅって、して」

瑞樹の首筋に縋《すが》りついて、甘えた声を出すと彼が笑った。優しく、ゆっくりと身体が繋がっていく。はあっと喘《あえ》いだ唇を、キスで塞《ふさ》がれ、私は与えられる熱に溺れた。


気づけば日付も越える時刻。事の名残《なごり》で、空気すら湿気と熱を帯びている部屋。

ベッドの上で、まだ息の整わない私を抱きしめながら、瑞樹が少し身体を起こして私の肩に口づける。そんなわずかな刺激にすら、ひくんと身体を震わせた私の額《ひたい》に、指が触れた。汗で張り付いた髪を、よけてくれたみたいだった。

「美優、何か飲む？」

「ん……」

けだるい身体をゆっくりと起こすと、瑞樹も同じ速度で起き上がる。

「寝てていいよ？」と言ってくれたけど、私はふるりと首を振った。

「……お腹すいた」

そう言うと、瑞樹が少し目を見開いて、次の瞬間にふっと笑った。

「何か食べる？」

「……夜中だし」

「たっぷり運動したから大丈夫じゃない？」

じわりと頬が熱くなる。笑った瑞樹を照れ隠しに睨んだら、彼の手が伸びてきて私の横髪を撫でた。

その感触が、すごく、気持ちいい。

まだ服も着ておらず、互いに裸で座り込んでいるのが恥ずかしくて、かといってこの心地よさから逃げたくもない。

両腕を前で軽く交差させて、せめて胸を隠してみる。髪を撫で続けていた瑞樹の微笑みが不意に消えて、真顔になった。

「どうしたの？」

首を傾げて尋ねる私をじっとみつめたまま、手の指が髪を一房掴んで指に絡ませる。

「瑞樹？」

無言のまま、髪を解いて耳にかけ、私の首筋を撫でる。愛しむような行為と、真剣なまなざしに私はただただ困惑して彼と視線を絡めていた。

「美優」

「うん？」

「俺、美優を撮りたい」

ぱちぱちと瞬きを繰り返す私に、瑞樹は続けて言った。

「あの頃と同じくらい、まっさらな気持ちでシャッターを切れる気がする」

◆◇◆

大きな家具と段ボールを運びこんだところで業者さんには帰ってもらった。後は残り二日の休みで荷解きをしなければならない。

寝室で窓を大きく開けて、さらりと風が頬を撫でた時、うしろでシャッターの音がした。

「もう、瑞樹。写真撮ってないで先に荷解きしちゃおうよ」

「うん、だって。ここの窓、景色がいいし」

確かに、このマンションの目の前は緑地公園になっていて、街中なのに窓から見える景色は緑に溢れている。

だけども、微妙に返事になってないというか、ずれてるというか。

私の言葉はまるで無視で、カメラの液晶画面で画像を確認してはまた私にレンズを向ける。その様子に、両手を腰に当てて溜息をついた。

『俺、美優を撮りたい』

ベッドの上、素っ裸の状況で真面目な顔をしてそう言われた時には、『まさかヌード？』と血の気が引く思いをしたが、そうではなくて心底ほっとした。

いや……もしも瑞樹が本気で、芸術的な視点でヌードをとか思うなら考えても……いいかもしれないけど自分の身体が芸術的だと自信があるわけもないので、やっぱり却下だ。

この先もそんなことはないだろうけど、あったとしても全力でお断りしなくてはいけない。

瑞樹が写真に専念できるような時間は、やはり余りなかった。以前のように、ふらふらとカメラを持って街に出るようなことはない。

だけど、日常の中で、休日のふとしたひと時に、気づけばシャッター音が鳴る。瑞樹曰く「撮りたいものが撮れてるから、幸せ」だ、そうだ。

本当に、私を撮りたいと思ってくれているのだろうか。本当は、もっと外に出て撮りたいんじゃないだろうか。

相変わらず私にレンズを向けたままなので、私はわかりやすいくらいに怒った顔を作ってじっとカメラ越しに瑞樹を睨んだ。

すると、瑞樹がカメラを下ろしてクスクス笑う。

「美優、怒った顔も可愛い」

「……そんなわけないでしょ。ほら、早く荷解きしちゃおう？」

本当なら、瑞樹がカメラを触ってる時は邪魔したくないのだけど。たとえ私が被写体でも。

だけど、折角の三連休、なんとしても最低限の荷解きを済ませて、私は瑞樹と一緒に出掛けたいのだ。

まだ私達の関係に名前がなかった時のように。

私が彼を、ポチと呼んでいた時のように。

ふらりと街や公園に出て、思うままにレンズを向けさせてあげたいのだ。彼がひとりだった頃のようには、自由に飛び回るわけにもいかないけれど。本当なら銀行なんかやめて、私はそうしてくれても構わないのだけど。

責任もあって、そんなわけにはいかない部分もあるだろう。だからせめて仕事以外の時間は、写真に使ってほしい。

「ほら、早く片付けて晩御飯の材料買いにいこ？　それにお散歩もいきたい」

ついでに、街をぶらっと歩いてみたら、写真を撮るのに良い場所が見つけられるかもしれない。

服をまとめてある段ボールを開けていると、背後から体温が私を包んだ。

「俺のことばっかり気にしてないで、美優はどこか行きたいとこないの？」

私の言うお散歩の意味が、瑞樹にはちゃんと伝わっていたらしい。

「あるよ、お散歩」

私の即答に、瑞樹が苦笑いをした。

嘘じゃないもん。それにマンションの目の前の緑地公園が気になって仕方ないのも本当だ。いくつか物件を当たった末、このマンションに決めたのはあの公園があるからだ。

ふわりと私をうしろから抱きしめていた瑞樹の腕に力が籠《こも》り、私はぺたりと尻もちを付く。瑞樹もその場に座り込んで、私を足の間に座らせた。

「わかった、じゃあ公園を散歩してから良さそうなスーパーでも探しに行こう」

腕の中で見上げると、すぐ間近に瑞樹の顔があり前髪がさらりと揺れる。

「うん」

「晩御飯、何食べたい？」

「うーん……引っ越し蕎麦《そば》。と茶碗蒸し」

私は相変わらず、瑞樹に胃袋を掴まれている。

開いたままの窓から、また風が入り込んで外の薫りを運んでくる。瑞樹の腕はいつまでも緩むことはなくて、私はぽんぽんと叩いて急かした。

「ほら、だから早く荷解きしちゃおう？」

「ん、でも。もうちょっと……くっついていたい」

どうやら甘えたモードに入ってしまったらしい。離してくれそうにない瑞樹は、小さく啄《ついば》むように額《ひたい》や頬に口づけて、唇にもひとつキスを落とした。

もう、と小さく唸《うな》ってから身体を預けもたれかかると、瑞樹が嬉しそうに破顔して、私は幸せを噛みしめる。

「……美優、なんかすごくいい顔してる」

「そう？　この窓、気持ちいい。景色がいいからこの部屋で一番のお気に入りの場所かも」

穏やかな午後、真新しいカーテンが揺れる。風が運ぶ緑の薫りと、心地よい体温に包まれながら目を閉じた。

私が感じる幸せの分だけ、あなたにもあげられるといい。

これから数年後、この窓辺で私を撮った彼の写真が二度目の脚光を浴びることになるのだけれど。

今の私達にはまだ、思いもよらない未来の話。

その後の番外編　シャッターチャンス

日曜はふたりとも休みなので、一緒についつい十時頃まで寝てしまう時が多い。私の勤め先は個人医院だ。平日にも一日休みがあるし土曜は半日なのだから、日曜も早く起きてもっと家事に勤《いそ》しまなくては、と思うのだけど。

一緒に寝ていると、心地よい。瑞樹は抱き着いて寝るくせがあるから、私が先に目が覚めてもそのまま起き上がれなくて……

結局、二度寝してしまったり。

でもそんな休日が、たまらなく幸せだったり。

「美優、朝ごはんできたよ」

そしてやっぱり、休日の食事当番は、瑞樹で決まってしまっている。

「はあい、もうちょっと！」

私はベランダで洗濯物を干しながら返事をした。

二月、天気は良くても空気は凍てつくようで、手はたちまちかじかんでいく。最後のシャツを物干し竿のハンガーにかけていると、からからとベランダの戸が開く。

聞こえていないと思ったのか、瑞樹が呼びにきてくれたらしい。

「手伝うよ」

「もう終わったよ」

「ありがとう。天気良いのに寒いね」

空の色を見ながら、瑞樹が言う。

「日差しは暖かそうなのにね」と私が言ったら、洗濯籠を持つ私の手の上に瑞樹の手が重なった。

手がすっかり冷えてしまっているのが伝わったんだろう。少し眉をひそめて、籠を取り上げ私の手を引いた。

「早く入って。スープ作ったからあったまるよ」

「やった、瑞樹の野菜スープ好き」

「冬場くらい浴室乾燥使えばいいのに」

「電気代跳ね上がりそうでヤダ」

朝食を食べ終えて、しばらくまったりしたら私は掃除、瑞樹は洗い物を食洗機に入れてくれる。

大体いつも、棚の埃《ほこり》をハタキで落とし掃除機を出してくるあたりで、瑞樹がリビングのソファに座る。愛用の一眼レフを片手に持って。

「今日はどこか行く？　写真撮りに」

かちかち、液晶画面に映る過去に撮った画像を見ながら、瑞樹が言った。

「んー……どうしようかな」

懐かしんで、いるのかな。

そう思うと、少し切ない。私ばかり撮ってないで、もっと自由にいろんなものを撮りに行きたいんじゃないのかな。

「……私に遠慮しないで」

「行ってもいいけど、あんまり寒いと美優が冷えちゃうしなー……」

私の言いたいことはわかってるはずなのに。

瑞樹は敢《あ》えて、私も一緒だと言葉にした。


【瑞樹side】


「行ってもいいけど、あんまり寒いと美優が冷えちゃうしなー……」

俺がそう言うと、美優は少し困ったような顔をしてから掃除機をかけ始めた。カメラの手入れをしてから、撮影モードに切り替えて俺は彼女にレンズを向けた。

手当たり次第にシャッターを切るわけじゃないけれど、ついレンズ越しに彼女を追いかける。

シャッターチャンスってものは、本当に一瞬だ。

あ、と思った時には、もう過ぎていってしまっている。

たった一度の、過去の栄光。あの空の写真を撮った時が、そうだった。上空の風が強い日で、更に夕暮れ時の色が移ろいゆく一番表情の変化が激しい時間帯。ビルの屋上から電信柱へと走る電線いで歩いていた。

と、葉が落ちかけた少し寂しい街路樹。公園の出口から小さな子供と、腰の曲がった老婆が手を繋

オレンジとピンクを混ぜ合わせた複雑な色合いと、逆光の黒。直感が働いたのか、何かに急き立てられるようにカメラを引っ張り出してシャッターを何度も切った。

あの時の感覚と今は少し違うけれど、「撮りたい」と思った衝動はよく似ている。

『俺、美優が撮りたい』

彼女には、確かにそう言ったはずだけど、美優はどうやらあまりその意味を深く考えていないらしい。もしくは、俺が遠慮してそう言っていると思っているのかもしれない。

だけど俺としては、ずっと見失ったままだった被写体を、やっと見つけた気分だったのだ。

「……瑞樹」

「ん?」

レンズの向こうで、掃除機をかけていた彼女がぴたりと動きを止めた。四角い枠の中で、彼女は困ったような顔でこちらを向いていた。

少し前屈みの姿勢なのは、掃除機をかけている途中の姿勢のままだから。

「……瑞樹」

「何?」

「お掃除してるだけだから。感動的なとか、衝撃的な一瞬とか絶対ないよ」

「わかってるよ?」

やっぱり落ち着かないのかな。

何か言いたげだったけど、少し唇を尖《とが》らせた拗《す》ねたみたいな顔でまた掃除機をかけ始めた。

美優は、拗《す》ねたり困ったりするとすぐ唇が尖《とが》ってくるからわかりやすい。照れたり恥ずかしかったりすると、頬より先に耳が赤くなる。

斜めうしろから見える、彼女の髪の隙間から覗《のぞ》いた耳はやっぱりちょっと赤かった。レンズ越しの世界の中で、美優がくるくると部屋を動き回る。

なんだか今日はやたらと恥ずかしそうにするから、ついいつもより長く追いかけてしまっていたかもしれない。

だって照れた顔とかもね。

ああ、今の撮っとけばよかった……って後で思うこともしばしばあるから。

掃除を終えた彼女が、キッチン近くでくるりとこちらを見た。

「瑞樹、珈琲《コーヒー》飲む？」

「美優が飲むなら一緒に淹れて？」

そう答えたら、突然むうっと口をへの字に曲げて美優が怒った顔で近づいてくる。どたどたと、いつもよりも荒い足音だった。

「美優？」

「もういい加減にして！」

あっと思った時には、レンズ越しじゃない美優の顔がすぐ目の前にあった。彼女がカメラを持った俺の手ごと、バンザイをさせるように持ち上げたからだ。

ソファに座る俺の足の間に入るような体勢で、持ち上げた腕とカメラの下から顔を覗《のぞ》き込んでくる。

唇が少し尖《とが》って、眉根がきゅっと寄せられた表情。

これは、怒っていると言うより、拗《す》ねたほうに近い、かもしれない。

「ごめんね。そんなに撮られるの嫌だった？」

「……嫌」

「そっか」

「じゃ、ないけど……」

「うん？」

まるで、構って欲しい時の猫が懐《ふところ》に入り込んできたようなそんな空気を彼女から感じてしまうのは、気のせいではなかったようだ。

「なんか、恥ずかしい」

「何が？　いっつも可愛く撮れてるよ」

「そっ……それに」

ぽぽっ、と頬のあたりを赤く染めて彼女が少し、目を逸らす。

あ……と思った時には、もう遅い。

「……レンズ越しじゃなく、ちゃんと目と目が合わないと嫌。瑞樹、ずっとカメラ構えて、全然顔見えないし」

白い肌を桜色に染めて、照れくさそうに眉尻を下げ一瞬だけ上目遣いでこちらを向いた。その表情はなんとも艶っぽく……やはり一瞬だ。すぐに俯《うつむ》いてしまったから。

「……あーあ」

「えっ、何？」

「……シャッターチャンスだった、今の」

持ち上げられたままだったカメラを持った両手を、彼女の首のうしろに回す。腕の中に華奢《きゃしゃ》な彼女を閉じ込めて、まだ拗《す》ねて尖《とが》ったままの唇に啄《ついば》むようにキスをした。

確かにシャッターチャンスだったけど。

あんな顔、他の誰にも見せられないかな。


【美優ｓｉｄｅ】


「……シャッターチャンスだった、今の」

目の前の瑞樹の顔が、そう言って苦笑いをする。

何が、シャッターチャンス？

そう問いかける隙もなく顔が近づいて、キスされるって思ったら自然と瞼《まぶた》を閉じてしまった。

何度か啄《ついば》んで、次は柔らかく私の唇を食《は》んでくる。

瑞樹のキスはいつも優しい。けれど、その優しさと裏腹に首のうしろに回った腕は、私を引き寄せ閉じ込めて、逃がさないと言われてるみたい。

「……んっ」

わざと逸れていく口付けが、唇の端を擽《くすぐ》ってそこが意外と敏感なのだと教えられる。強引な、奪うようなキスよりも、優しく擽《くすぐ》るようなキスのほうが体温が上がるということも、彼のキスで知った。

すっぽりと収まった彼の懐《ふところ》の中で、身体の力が抜けて彼のニットを両手で掴む。キスって、気持ちいいな、と思っていたら、少し離れた唇が同じ言葉を紡いだ。

「気持ちいいね」

「……うん」

「機嫌直った？」

それには返事をせずにむぅっと口も目も閉ざしていると、くすくすと笑いながらまた唇が肌に触れる。水音を弾《はず》ませながら頬から首筋の肌に吸い付いて、力の入らない身体は彼に任せた。

するといつのまにか少し横に倒されて、首のうしろを瑞樹の二の腕に支えられていた。彼の手にあったはずのカメラもいつのまにかなくなって、今はさわさわと服の上から身体のラインを辿《たど》っている。

「美優、どこかいきたい？」

「えっ」

そんな状況で、さっきの話をぶり返された。そのくせ返事をするタイミングを見計らったように、大きな手のひらが腰から胸の下までをすうっと撫で上げる。

「それとも珈琲《コーヒー》飲みたい？　淹れてこようか」

「ぁんっ……」

思わず変な声が漏れてしまったのは、今度はその手が指を立てながら背中を擽《くすぐ》って腰まで下りていったから。

そして、おそろいのニットの裾から、直接指先が肌に触れた。そのままカリカリと腰の少し下あたりを指先で擽《くすぐ》られて、気持ちいいようなむず痒いようなもどかしい刺激を繰り返す。

そんなイタズラをしながら、瑞樹はくすくすと笑っている。

意地悪だ、腹が立つ。けど、ここで拗《す》ねたりしても瑞樹はやっぱり笑って私のご機嫌を取って、私はすぐに絆《ほだ》されてしまう。

それがいつもの流れだけど、たまにはぎゃふんと言わせてやりたい。大体いつも、なんだかんだと瑞樹が主導権を持っていくのがいけない。

考えてみれば、私のほうが年上だ。私が主導権を握ったら、瑞樹はどんな顔をするだろう。私から積極的にすることは今までなかったけれど……やろうと思えばできないこともない。

私だって、知っているのだ。瑞樹が私の身体を良く知っているのと同じくらいに、彼の身体のことを。

そう思い至るとちょっとした悪戯心も生まれた。くすぐられて中途半端に快感が高まった身体のせいもあり、私は両手を瑞樹の鎖骨から首筋へと撫でるように辿《たど》ってから、縋《すが》りつく。

「美優？」

ちょっと戸惑ったような瑞樹の耳元に、唇を寄せて声と吐息がわざと当たる距離で「瑞樹がいい……珈琲《コーヒー》じゃなくて」と、言い終わると同時に、かりっと耳の縁に歯を立てた。

「んっ」

艶めいた声と同時にぴくんと瑞樹の身体が小さく震える。やっぱり、と確信を得て耳の縁にちゅっちゅっと何度も吸い付いた。

ふっふん。

内心でほくそ笑みながら、今度は耳朶《みみたぶ》に吸い付くと、瑞樹が短く息を吐く。

「ちょっ……美優？」

びく、びくと背中を震わせながら上半身を捩る瑞樹の首に、私はしつこく絡み付いて唇での愛撫を続けた。

前からそうじゃないかとは思っていたけれど、瑞樹は耳が弱い。いや、耳を触られて平気って人は少ないと思うけど、瑞樹は特に敏感だと思う。

不意に耳元で何かを話したりしたら、吐息が当たったのかびくっと肩を跳ねさせて私のほうが驚いたことがある。

たまにふたりでじゃれてる時に、偶然手が耳に触れた時もそうだった。

「いっつもいっつも、私ばっかり弄《いじ》られるけど。私だって、瑞樹の気持ちいいとこくらい知ってるよ?」

「ん、ちょ……美優、待って」

くすぐったいのか気持ちいいのか、瑞樹が肩を竦《すく》めて逃れようとする。そんな様子が楽しくて、つい意地になって首筋に絡みついてクスクス笑った。

ちょっと調子に、乗りすぎたかもしれない。

突然、腰を抱き上げられて視界がくるりと反転する。私が下だったはずなのに、いつのまにかソファに寝転がった瑞樹の上に私が覆い被さるようになっていた。

「美優、ごめんね」

「え?」

「あんまり可愛いから、ついいつも俺が美優を好きにしちゃってるけど」

ちゅ、ちゅ、と瑞樹が私の頬と額《ひたい》にキスをする。

とてもソフトな、優しいキスだけれど……

「美優もたまには好きなようにしたいよね。今日は大人しくしてるから、美優がしてくれる?」

その口から出た言葉は、とんでもなく意地悪だった。

「え……」

「俺は何もしないから。じっとしてるよ」

反省を装って、私の下で瑞樹が微笑む。私はひくっと頬をひきつらせて固まった。てっきり主導権を奪い合い、じゃれあいっこになると思ったのに、あっさり手放されては、逆にどうすればいいのか戸惑ってしまう。

「瑞樹……」

「ん？」

瑞樹の両手は、上に乗っかる私の腰を掴んだまま、まったく動く素振りは見せない。ど、どうすれば。さっきみたいに耳にキスして、いつも瑞樹がしてくれるみたいにキスして、それで。

一方的にするほうに移ると、相手がちゃんと気持ちよく感じてくれているか観察しながら次の手を考えなければいけない。

自信はあったはずなのに、いざとなるとかなり心許ない。彼からの妨害がなければ、間が持つ自信がない。

いつも彼が私にすることを、全部逆でと想像したら、とんでもなく恥ずかしくなった。ちょっとしたイタズラ心と対抗心が生んでしまったこの事態。対応できるスキルなどたかが知れているけれど、そんなことよりとにかく恥ずかしい。

「あー……やっぱり珈琲《コーヒー》……」

「より俺が欲しいって言ってくれたよね」

誤魔化そうとしたけれど、間髪容れずに切り返された。

「ううっ……」

唸《うな》りながら観念して、おずおずと瑞樹の耳へとキスを再開する。耳朶《みみたぶ》、縁、裏側にキスして舌で辿《たど》って、そのたびに瑞樹が息を短く吐くのを聞いて、気持ち良さそうだとほっとする。首筋を舐めて辿《たど》って、鎖骨にもキスをして、手は躊躇《ためら》いながらも裾からニットの中に潜《もぐ》り込む。

指先に、滑らかな肌の感触と引き締まった筋肉のラインが、はっきりと伝わってくる。

瑞樹が私にする時はいつも、このまま服をたくし上げて指を進ませて、キスをして……ええっと。

異様に緊張しながら、目を閉じたままの瑞樹の唇にキスをする。手はそこから進もうにも進めなくて、私は瑞樹が動いてくれるのを期待して、何度も唇を啄《ついば》んだ。

ちゅ、ちゅっと水音を弾《はず》ませて、舌を誘うように差し入れてみても、ほんの少し応《こた》えるように絡めるだけですぐに引っ込んでしまう。

私の腰を掴む手は、離れようともしないだけでピクリとも動かない。

「……瑞樹」

「ん？」

ほんの少しだけ、唇を離して名前を呼んでみたけれど、問い返すようなイントネーションの声が返ってくるだけだ。

そのことが、なんだかすごく寂しい。同時に気づく。受け身でいることが、物凄く楽なのだということが。いっつも瑞樹が「して」くれるから、私はそれを受け取るだけで良かった。

「……ねえ、瑞樹」

半泣きでもう一度名前を呼んだら、閉じられたままだった瞼《まぶた》が開く。

「美優？　どうしたの」

泣き落としが効いたのか、自分から動いてくれなかった瑞樹がやっと、目尻にキスをしてくれる。断じてウソ泣きではなく、本当に泣きそうだった。彼のほうから、キスしてくれるだけですごく安心してしまう。そして結局、私はすぐに降参してしまった。

「ごめん、もうしない」

「ん？　できない？　無理？」

「無理……寂しい」

寂しい。正直に、そう言っただけだったんだけど、身体の下で瑞樹がぴくっと反応したのがわかった。

少し顔を離して瑞樹の表情を窺《うかが》うと、なんとも言えないような複雑なもので、それでいて瞳が熱を孕《はら》んでいる。こくん、と喉が鳴ったのがわかった。

「もー……美優はずるい」

「え」

「くそ、またシャッターチャンス逃した」

「ええっ？」

戸惑う間もなく、今までまったく動く気配のなかった手が急に私の首に添えられ、次の瞬間には荒々しく唇を塞《ふさ》がれた。躊躇《ためら》いがちだった私と違い、強引に押し入ってくる舌に簡単に絡めとられて、欲してくれることに安堵《あんど》しながら。

……瑞樹って、私の何を撮りたいと思ってるんだろう。
彼の言うシャッターチャンスの基準には、かなりの不安を覚えた私だった。

〜大人のための恋愛小説レーベル〜

ETERNITY
エタニティブックス

今宵、彼は獣になる——
溺愛フレンズ

ETERNITY エタニティブックス Rouge

エタニティブックス・赤

砂原雑音《すなはらのいず》

装丁イラスト／芦原モカ

父親の意向で、親戚のダメ男と結婚させられそうになったちひろ。とっさに「結婚を前提として付き合っている人がいる!」と言い切ったものの、本当は彼氏すらいない。挙げ句、慌てて婚活アプリで相手を見繕ったら、親に紹介する前日に逃げられてしまった！このままではあの男と結婚させられてしまう——追い詰められたちひろに、男友達の諒が「なら俺と結婚すればいい」と言い出して⁉

※エタニティブックスは大人の女性のための恋愛小説レーベルです。ロゴマークの色で性描写の有無を判断することができます（赤・一定以上の性描写あり、ロゼ・性描写あり、白・性描写なし）。

詳しくは公式サイトにてご確認ください。
https://eternity.alphapolis.co.jp/

携帯サイトはこちらから！

男運が悪く、最近何かとついていない、カフェ店員の茉奈《まな》。そんな彼女の前に、大企業の取締役になった、幼馴染の彰《あきら》が現れる。子供の頃、彼にはよくいじめられ、泣かされたもの。俺様ドSっぷりに大人の色気も加わった彰は、茉奈にやたらと執着してくる。さらには「お前を見てると泣かせたくなる」と、甘く強引に迫ってきて――？

B6判　定価：本体640円＋税　ISBN 978-4-434-26865-6

この作品に対する皆様のご意見・ご感想をお待ちしております。
おハガキ・お手紙は以下の宛先にお送りください。

【宛先】
〒150-6008 東京都渋谷区恵比寿4-20-3 恵比寿ｶﾞｰﾃﾞﾝﾌﾟﾚｲｽﾀﾜｰ 8F
（株）アルファポリス　書籍感想係

メールフォームでのご意見・ご感想は右のＱＲコードから、
あるいは以下のワードで検索をかけてください。

アルファポリス　書籍の感想　検索

ご感想はこちらから

本書は、「アルファポリス」(https://www.alphapolis.co.jp/) に掲載されていたものを、改題・改稿のうえ書籍化したものです。

お願《ねが》い、俺《おれ》と恋《こい》に落《お》ちてよ

砂原雑音（すなはら のいず）

2021年 2月 25日初版発行

編集－斉藤麻貴・宮田可南子
編集長－塙 綾子
発行者－梶本雄介
発行所－株式会社アルファポリス
〒150-6008 東京都渋谷区恵比寿4-20-3恵比寿ｶﾞｰﾃﾞﾝﾌﾟﾚｲｽﾀﾜｰ8F
TEL 03-6277-1601（営業）　03-6277-1602（編集）
URL https://www.alphapolis.co.jp/
発売元－株式会社星雲社（共同出版社・流通責任出版社）
〒112-0005 東京都文京区水道1-3-30
TEL 03-3868-3275
装丁イラスト－サマミヤアカザ
装丁デザイン－ansyyqdesign
印刷－図書印刷株式会社

価格はカバーに表示されてあります。
落丁乱丁の場合はアルファポリスまでご連絡ください。
送料は小社負担でお取り替えします。

ISBN978-4-434-28230-0 C0093